漱石の〈明〉、漱石の〈暗〉

飯島 耕一

みすず書房

漱石の〈明〉、漱石の〈暗〉——目次

Ⅲ

〈序詩〉通天橋

黄葉山前《こうようさんぜん》　古郡城《こぐんじょう》
鞆ノ浦の瀬戸内の浜から北へ
神辺《かんなべ》に
菅茶山の跡を
訪ねる
長いあいだ
行きたいと願った土地だ
黄葉夕陽村舎《こうようせきようそんじゃ》の
山や川　そして
風

茶山先生に一目だけでも　と
江戸から西へ
九州から京へ　はるばると旅する
江戸中期の詩人たちは
神辺への道を辿った

いまはただその山川の
天を仰ぐのみ

翌朝　京都で眼ざめると新聞に
北スペインのパンプローナの牛追い祭の写真が出ている
今年の七月は青舌病という牛の病気で
闘牛も祭も中止かという

京都駅に近い寺で
通天橋を　さっと眺めて　この旅は終った

I

いみじき笛は天にあり

この十月末（二〇〇四年のこと）、『アメリカ』（思潮社）と題する詩集を出した。表紙の写真はカリブ海に浮かぶ世界最貧国とされるハイチ。多くの悲惨を抱えた島国の、ヴードゥーという精霊にとり憑かれた祭の男女群像で、この迫力ある写真を撮ったのはフォト・ジャーナリストの佐藤文則さん。

詩人も俳人も、おそらく歌人の少なからぬ人々も、小説家さえも、みんながほとんど内向きの、まるで危機も戦争もないかのような創作に籠りがちな今、わたしはあえて『アメリカ』という題名の詩集を世に問うて、その反響の予想もしなかった大きさに自分でもいささか驚いているところである。

そのような一人の詩を書く者として、しかも来年二月には七十五歳という、信じられないような年齢（なにしろ十四、五だった太平洋戦争の末期のころは、二十一、二で必ず死ぬ、むろん兵士としてと思っていたのだ）を迎える者として、昨今感じ、考えたことを語ってみることにしたい。

歳末、テレビでは、あちこちで「忠臣蔵」を放映していて、われわれの世代の者はどうしても見てしまうのだが、一つ気になるのは、まず大抵、討ち入りのあとに荻生徂徠が将軍綱吉に召されて意見を述べる場面がある。ところが、徂徠に扮する役者が、堂々とした、知力にみなぎったかのような名優であったためしがない。

徂徠の名だけは今もひろく知られているが、それも四十七士に切腹が妥当だという冷たい意見を述べたという理由で、世の中に徂徠イコール冷血人間という頭が出来てしまっているせいらしい。しかしよくよく調べてみると、当時の幕閣のうちに赤穂浪士打ち首説が持ち上がり、それよりも名誉ある切腹が妥当と、徂徠はまっとうなことを具申したにすぎないのだ。

徂徠はほんとうは新井白石や、京都の伊藤仁斎・東涯と並ぶ、江戸中期のすぐれた儒学者、大思想家だったことを忘れてはならない。徂徠を軽んじては、われわれは一人の偉大な思想家を見失うことになる。そしてこれらの儒学者、思想家たちは何よりも「天」「天道」を重んじていた。わたしはアメリカへの、長年にわたる複雑な愛と失望の思いを込めた詩を、この二年あまり書き続けると同時に、荻生徂徠とその門下の詩人たちの登場する小説『白紵歌《はくちょか》』をもある季刊誌に連載し、徂徠の大なることがしみじみとわかって来たのである。

今年は三度ほど、珍しくわたしは人前で公開対談というものをした。その時、いつも今の世の中は、人、人、人ばかりで、「天」がないのではあるまいかということを話した。もともと萩原朔太郎やギヨーム・アポリネールを経由して、いくらか西欧由来のモダニストと見なされているわたしが、「天」と言うと、聴衆はみないくらか驚いた表情をした。今の世には「天」がないという発言は、意想外なもののようだった。しかもその人、人、人は、つまりわれわれは、今や恐ろしいほどの欲求不満と、どこにぶつけていいかわからぬ苛立ちを内に抱え込んでいるのではないだろうか。
　日本もアメリカも、人々は悲しくも無感覚な、仁も義も、まして礼もない為政者の下にいて、それでいて人々は流血も何もどうすることもできない。悲しく寂しい歳末、テレビの中ではあいかわらずフザケ散らしているが、巷に真の陽気さは一つも見当たらない。朔太郎の詩に「いみじき笛は天にあり」という一行があるが、その「笛」も「天」も一体どこに行ってしまったのか。心ある人々は実はみんなわかっていて、あの日々の聴衆の驚きの顔も、きっとそうなのだという同意の表情だったにちがいない。

［「共同通信」二〇〇四年十二月二七日］

江戸と西洋

一

子供のころの記憶を探ってみても、わたしの周辺には江戸の（江戸時代の）匂いはもうなかった。昭和初年のことである。地方都市岡山だったので能も歌舞伎も、寄席さえもなかった。活動写真館で、阪妻から嵐寛寿郎に至るサムライに扮した役者がさかんに眼を吊り上げて斬り合いをしているくらいなものだった。あとは烏城《うじょう》と呼ばれる天守閣のある城が、市の中心部の旭川のすぐ西に江戸の姿をとどめ、池田侯の庭園（池泉回遊式庭園で一七〇〇年に完成）だった広大な後楽園があった。あとは岡山市から小一時間で行ける和気の閑谷黌《しずたにこう》（一六六八年に完成）に江戸の儒学の学問所の風格があり（と言っても民間の子弟の初等教育に当たる学校だった）、のちに同じ勤め先の大学の同僚で、ボードレールやリラダン研究の第一人者だった故斎藤磯雄氏らを案内して喜ばれた。斎藤先生は山形の鶴岡の出身で、幕末の志士清河八郎の子孫だった。岡山の西、福山の神辺の詩人、菅茶山に「閑谷」という詩があり、この『黄葉夕陽村舎詩』の大詩人は、備前岡山の姫井桃源を訪れた時や、京に上る際に、しばしば閑谷黌に立ち寄ったという。

それくらいなものだが、同居している祖父は明治五年（一八七二）の生まれで、幕末と呼ばれる時代に生を享けた両親のもとで成長していたわけだ。わたしにとって曾祖父に当たる人はチョンマゲを切って間もなく長男たる祖父の誕生を経験したのだろう。こうして岡山で同居していた祖父の体臭には確かに江戸がわずかでも残っていたと思われる。紋付の着物に羽織姿になったりする時、祖父の中には江戸の人間がまだ残っているかのようだった。

祖父は若い二十歳のころに、洋服を着て東北の秋田から東京に出て来て農林関係の学校に入った人で、まず秋田県や佐賀県の農林技師になり、やがて一八三〇年（江戸で言えば天保元年）、ライン川中流のボッパルトで作られた曲木イスの着想による家具や椅子の工場を、明治の末に何人かと秋田県湯沢に設立したが、第一次世界大戦後の不況のために事業は傾いた（現在は「秋田木工」として堅実に続いているようだ）。

永井荷風という人は明治十二年（一八七九）生まれだから、この祖父より七歳下になる。しかしまあ同じような年代と見ていい。その荷風の大正五年の随筆「洋服論」には次のようにある。

「日本人そもそも洋服の着始めは旧幕府仏蘭西《ふらんす》式歩兵の制服にやあらん」。

新選組の土方歳三が洋装の軍服姿で、断髪のオールバックにして坐っている有名な写真がある。あれは明治二年（一八六九）に、箱館のその名も異国橋の近くで、新政府軍の弾丸一発、腰間を貫かれて戦死するわずか前のものとされる。箱館にはフランスの軍人もいたわけだ。わたしの祖父は断髪の歳三の死よりもわずか三年後の北国生まれということになる。

荷風は明治初めの西洋崇拝について、同じ随筆でたとえば次のように記している。

「予六歳にして始めてお茶の水の幼稚園に行きける頃は、世間一般に西洋崇拝の風甚《はなはだ》熾《さかん》にして、かの丸の内鹿鳴館にては夜会の催しあり」。

第二次大戦が終ったのは一九四五年夏のことだが、秋になるとあっという間にそれまでの欧米文化排斥とは打って変って、西洋やアメリカ崇拝がこの島国にひろがった。明治初年にも同じことが起こったと見ていい。それまでの欧米許すまじの攘夷論はどこへ行ったやら、いっせいに西洋やアメリカ崇拝に変貌するに至った。まずこういう島国の人間の変りやすい性格、外から来る者への恐怖ないし反撥と崇拝について、わかり切っていることながら確認しておきたい。

わたしは一九三〇年（昭和五）生まれであるが、先にも触れたように、家の中にも街にも江戸の匂いはどこにもなかったとしていい。その上、父は英文学をやっていたので（旧制の第六高等学校の教師）、家の中は洋書、とくにイギリスの書物が多く、西洋風の物品も多かった。子供の眼に残っているのは、二階から梯子段（当時は階段などとは言わなかった）を下りて来ると、突き当たりの本棚にあった『漱石全集』と『芥川龍之介全集』で、当時はどこの家にもよく見られた。

敗戦の一九四五年の六月末、岡山市は米軍の大空襲に襲われ、父の英国の書物も、荷風といっしょに岡山に疎開していた作曲家の宅孝二が、何度か拙宅に立ち寄って指馴らしにドビュッシーやラヴェルの曲を奏でたピアノ（ふだんはベートーヴェンやショパンばかりなので、まだ見ぬ西洋の夢幻の香を嗅がされたように感じた）も、音盤もみな焼失するに至った。三味線や琴は家にはなかった。向かいの家からはよく長唄が聞こえた。わたしが初めて西洋人の住む洋館（六高の外人教師の官舎）を父とともに訪れたのは第二次大戦の始まる直前のころだが、その日ふるまわれた紅茶とビスケットや、庭のイギリス風花壇、家の二階廊下から玄関内部を見下ろす、マホガニーの木目の美しい紅褐色の手摺りのことなどは今も記憶している。室内にも独特の西洋の匂いがした。米軍の空襲でその洋館も焼け落ちた。

当時、十五歳か十六歳の中学のクラスメートはそれぞれの道を辿った。わたしは敗戦の翌年からフランス語を習い、フランスの詩や小説に関心を持ち、源氏物語や漢文の授業時間はただ茫然としていて（漢文の試験の点数は特によくなかった）、やがて東京の大学の仏文科（フランス文学科）に進んだ。今こうして「江戸と西洋」という文章を綴っているのが不思議なほど、十代後半から西洋のほうばかりを向き（それにしても漢文をもっとやっておけばよかった）、一九四九年に東京へ出て来ても、歌舞伎座（先代吉右衛門が出た）にただ一度入ったほかは、欧米の映画を見、欧米の詩や小説を耽読していた。十七、八のころからボードレールやランボーの詩を習い立てのフランス語で読むほかに日本語の詩を手にし、日本近代の先人の詩集を読むようになったが、それも西洋にとりわけつよく眼を向けた萩原朔太郎や富永太郎、金子光晴、のちには西脇順三郎らの詩集が主であった。そのうちに自分でも詩作をするようになる。

こうして安東次男や加藤郁乎といった江戸俳諧にのめり込んだ先輩、友人を早くから持ちながら、江戸にはなかなか向かう機会がなかったのだが、初めて勤め先の大学から在外研究員ということで、一九七〇年に四十歳で（われわれの年代は今と違って西洋文学を専門としながら、若いころに簡単に留学はできなかったのである）フランスを中心に、研究とは名のみ、ヨーロッパ各地を歩いて来た。詳しくはここで述べ得ないが、半年いて帰って来た直後に三島由紀夫の事件があり、その翌年からわたしは精神のバランスを崩し、とりわけ七二年の前半の半年間、かなり深刻な抑ウツ症にかかった。治癒してまもなく、西脇順三郎論を書かないかというある雑誌からの誘いがあった。本はどのようなものも読み続ける気力がまだないのに、あの出口も入口もない西脇順三郎の長大な詩、やわらかな光線にみちた詩は読むことができた。二十代半ばから三十代半ばまで、わたしはフランス文学と言っても特異と言っていいシュルレアリスム（いわゆる超現実主義）に打ち込んでいたのだが、昭和初年、シュルレアリスムを日本に紹介した詩人ではあるものの、正統的（アンドレ・ブルトンを正統として）とは決して言えない西脇の詩に、三十代の後半になってようやく親しむことができるようになっていた。ブルトンに忠実な日本のシュルレアリスム詩人は、西脇の慶応での教え子だった、瀧口修造である。

　西脇の詩（とくに『旅人かへらず』以後）は江戸と西洋を題材にして一人で巻いた歌仙のようだと、わたしはようやく気づき始めた。ここには天明の狂歌のような笑いもあれば英国流のヒューモアもある。江戸のようでもあり、西洋のようでもある自然や風景はたっぷりとあり、浮世絵もあれば俳諧味もある。あの写真を見ただけでもとっつきにくい英国風紳士（最初の夫人はイギリス人画家のマジョリさん）の詩人の内面には、どうやら江戸もたっぷりとあるのだった。わたしはようやく父親よりも年上の西脇順三郎そのひとをも識って、時折会って話すという幸運を得た。それでいて在外研究ではじめて西洋に行った後、精神のバランスを崩してしまい、そこから立ち直るにも江戸と西洋が渾然一体となった西脇の詩のおかげを蒙った。西脇の内部の江戸と西洋に救われたと言っても言い過ぎではない。ようやくこのわたしが天明の狂歌に、また江戸俳諧に興味を持つようになった。

そうこうするうちに、シュルレアリスムの詩はひとまず置いて、一九八三、四年頃（今から約二十年前）から突然のようにバルザックの長大な連鎖小説群いわゆる「人間喜劇」につよい興味を持つようになった。わたしの好みは『谷間の百合』とか『絶対の探求』とかではなく、『ゴリオ爺さん』や『幻滅』や『娼婦の栄光と悲惨』といった悪を大きく取り込んだ小説だった。わたしの精神はこれらを欲求していた。バルザックは片やラブレーという人間欲望の大肯定を、片やスウェーデンボルグの霊的世界をも複眼に収めていた。これら世界最長とされる小説と、世界最短の詩型たる其角、嵐雪を中心とする江戸俳諧との取り合わせは、わたしの場合、非常に好ましいものであった。こうして約十五年、バルザックと江戸俳諧を並べて読んだ。

同じ大学の同じ学部（法学部）に徳田武、遅れて加わった池澤一郎という江戸文学の研究者がいて、親しく交わったため、江戸の漢詩や大田南畝にも眼が向いて、とうとう『南畝全集』を購入し、『其角全集』も揃え、故今泉準一氏とも話す機会を得た。

こういうわけで、俳諧にさえ眼を容易に向けなかった男が、六年前には『〈虚栗《みなしぐり》〉の時代』（みすず書房）の著者となり、二年あまり前には加藤郁乎との共著『江戸俳諧にしひがし』（同じく、みすず書房）を上梓した。さらに二年前からは荻生徂徠と、徂徠門の服部南郭、太宰春台、安藤東野《とうや》、平野金華、高野蘭亭《たかの》ら、いわゆる蘐園《けんえん》の詩人たちを登場人物とする小説『白紵歌《はくちょか》』を季刊誌「ミッドナイト・プレス」に連載し、去年の十二月に完結、この七月（二〇〇五年）に刊行予定となっている。

やはり小説で、六〇年代の後半、西脇順三郎と親しくなったころから強い関心を抱いて来た平賀源内をめぐる長篇を、ようやく二年前に完成させた（『小説平賀源内』――砂子屋書房）。また幕末の京都や、奥羽越の戊辰戦争をテーマとした長い小説『暗殺百美人』（『飯島耕一・詩と散文』5――みすず書房）を八年前に書いた。こういうわけで江戸中期の文人（でもあった）源内や司馬江漢、また同時代の戯作者の朋誠堂喜三二らには、もっとも馴染みが深いのだが、本稿ではあえて取り上げない。

以上は「江戸と西洋」をめぐっての雑談風論考を書くための長々しい自己紹介の文と思っていただきたい。

二

八木書店から『西山宗因全集』が出始めた。まだわずかしか眼を通していないが、おやと思わせる句が眼についた。『俳家奇人談』の竹内玄玄一は宗因について「天性奇才あって、道に進む事衆《しゅう》に越えたり」としている。西鶴、才麿、惟中、みな宗因の門下である。

熊本にいたせいか長崎での俳諧（連歌も）が少なくない。

寛文十一年（一六七一）に次の句がある。

月は爰ぞ諸国一見のそうまくり　宗因

「世界」という語は西鶴の句にも、下って源内にもあるが、宗因にも諸国一見があった。諸国は長崎での見聞だから紅毛人、唐人、その他が入っているのではあるまいか。

わたしの愛誦する西鶴の句に次のようなものがある。

顔見世は世界の図也《なり》夜寝ぬ人　西鶴

芝居の顔見世興行に集まった人々の賑々しさは世界の図、つまり当時の珍しい世界地図のように華々しいとの意である。世界には夜も寝ない国があるというわけで、これは故乾裕幸の説。そうではなく世界とあるのは世間とか浮世と受け取った方が穏当との説ももろんある。

それから時経って十八世紀半ばの一七五二年に、もう一人の大才、平賀源内が、四国高松藩の命により長崎に赴いて紅毛の文物に接した。源内の生まれるより九年前の享保四年には『唐土訓蒙図彙《もろこしきんもうづゐ》』が出版され、その中に『山川輿地全図《さんせんよち》』という世界地図が載せられ、二年前にも展覧会があって見ることができた、源内焼の大皿に描かれた世界地図のもととなった。

西鶴が大坂の生玉神社で四千句独吟の俳諧興行をしたのが延宝八年（一六八〇）だから、源内の長崎行きはそれから数えておよそ七十年後のことになる。

源内が四国高松にほど遠くない故郷の志度浦を出発、有馬温泉を経て大坂に至り、いよいよ何事かを成そうと江戸に出て行ったのは宝暦六年（一七五六）。その時に有馬温泉でつくった句に次のようなのがあった。

湯上りや世界の夏の先走り　　源内

ここにも「世界」が出て来る。何という若々しい覇気にみちた句であろう。日本の近代はこの源内、玄白あたりに始まったと見ていいので、以前、明治百年がしきりに叫ばれたころ、天明二百年を唱えるべきではないかと考えたものである。日本の近代詩も教科書通りの明治十五年の『新体詩抄』からではなく、蕉門の支考の和詩や蕪村の詩あたりに始まったとわたしは見ている。

阿蘭陀という語は西鶴にはむろん多いが、師の宗因（梅翁）にも名高い句がある。

阿蘭陀の文字が横たふ旅の雁　　宗因

宗因の延宝六年（一六七八）の歌仙に「阿蘭陀丸二番船」というのもあった。

さて江戸と西洋だが、やはり西洋とのかかわりは何と言っても十六世紀の大友宗麟や織田信長の時代にさかのぼって見なければなるまい。信長の時代にこの国は、中世を含む古代国家とは分離した近世国家に入って行ったと思われる。

宗麟は明らかに貿易が目的で、豊後府内沖ノ浜などを南蛮船の貿易港とし、自らキリシタンとなってから寺社を弾圧、破壊、放火したとされるが、そうではなく宗麟の子の義統《よしむね》が、信長をまねて寺社を破壊したり兵火にかけたのだとも言われる。

一方信長は永禄二年（一五五九）、ヴィレラはすでに京に住むようになっていたが、それより十年後にルイス・フロイスに会い、以後十四年、何人ものイエズス会宣教師らと交わり、これに保護を加えた。

まずこんなところが宗麟、信長とキリスト教にかんする常識であろうが、二〇〇四年の一月に刊行された立花京子著『信長と十字架』（集英社新書）はさらに興味深い、いくつかの切り口を見せてくれる。

日本に最初の足跡を残したイエズス会の宣教師はザビエルで、誰もが知るようにザビエルは天文十八年（一五四九）七月に鹿児島に上陸したわけである。ところが宗麟は、ザビエル来訪以前の天文十四年（一五四五）のころは、まだ十六歳だったが、港に中国人のジャンク船が入港して、そこに六、七人のポルトガル人の商人が乗っているという出来事があり、中心はジョルジェ・デ・ファリヤという者だった。宗麟の父はこれを殺そうとしたが、宗麟はそれに反対して、貿易しようと遠くから来た者を殺してはいけないと主張、こののちもデ・ファリヤとの間に友好的交流を保ったというのである。このことは外山幹夫著『大友宗麟』（吉川弘文館）にもわずかながら出て来るが、さらに立花氏によると、宗麟はそのほかにディオゴ・ヴァス・デ・アラゴンという、つねにロザリオを手にデウスへの祈りを捧げる敬虔なキリシタンとも親しかった。「宗麟は、ザビエルの来府以前にすでに、キリシタンに共鳴する道を、歩みだしていたとみるべきである」（立花京子）。

ここでは『信長と十字架』に深く立ち入ることはできないが、永禄期初頭（一五五八年ごろ）から、将軍足利義輝、宗麟、信長に対してのイエズス会、ポルトガル商人、さらにイベリア半島の支配者の勢力からする接近は強力になされた形跡があり、信長が寺社を弾圧したのも、その他の野望を抱いたのも、イエズス会の意想外の強力な支持あってのことと、この研究者は主張する。

少なくとも西洋と日本の接触は、一五四三年に種子島にポルトガル船が漂着して鉄砲を伝えてからとか、四九年にザビエルが鹿児島に上陸して以来、という決まりきった常識は疑ってみてもいいのではないか。

中央アジアのソグド商人は六、七世紀ころからビザンチン、さらに西の地に達し、空海が唐に渡った九世紀にもむろん長安に足繁くやって来て、絹商人は中国の絹をはるか西方に運んでいた。キリスト教やマニ教を中国にもたらしたのもソグド人で、長安には景教徒もいたが、彼らが奈良期にわが国に来た可能性も否定し切ることはできないらしい。さらにイエズス会と南欧の商人のわが国来訪は決して無邪気なものではなく、野心的、情熱的な使命感によるものだったようで、近くは安野眞幸の論「イエズス会士――フランシスコ・ザビエル」（「國文学」二〇〇五年一月号）もそのことを強調している。ともかく十六世紀の半ば以来、半世紀でキリスト教の信徒の数はたちまち七十万人にも達した。明治六年に禁教令が廃止され、信仰は自由になったが、今現在も日本のキリスト教徒は七十万といったところで、人口比からすれば十六世紀後半から日本のキリスト教徒は激減し（木村尚三郎氏による）、当時の四分の一といったところだという。

さて西洋の文学は（漢訳された西洋文学の移入は別として）、イエズス会のヴァリニャーノによる印刷機の導入（一五九〇）によって、この国に初めてもたらされていた（ヴァリニャーノや天正遣欧使節についてはあまりに知られているので、ここでは省略する）。ヴァリニャーノの印刷機は天草の河浦で、文禄二年（一五九三）、まず『エソポのハブラス』という題名のローマ字による日本語口語体文章の本を印刷した。これがやがて『伊曾保《いそほ》物語』となる。原文はラテン語で、今はただ一冊が大英図書館に収められている。

エウロパのうちヒジリヤといふ国のトロヤといふ城裡の近辺にアモニヤといふ村《さと》がおぢゃる。その村に名をばエソポといふて異形不思議な仁体がおぢゃったが、その時代エウロパの天下に、この人にまさって醜い者もおりなかったと聞こえた。知恵の長《た》けた者も、この人に並ぶことはおりなかった。

こんな日本語口語であった。この「おりなかった」といった文体を、荷風の若い友人だったフランス文学者の小西茂也は、バルザックの小説『風流滑稽譚』の訳文で用いて大きな効果を上げている。また、小西甚一の『日本文藝史』Ⅳを見ていて、次のような個所を見出した。室町時代の『御伽物語』の中で、『花世の姫《はなよ》』『鉢かづき』『姥皮《うばかわ》』および御巫本《みかなぎ》『鉢かづき』は、イタリア系統のシンデレラ・モティーフによるものと考えてもよい。チェコ・ムルハーンの研究によれば、これらは、細川忠興など、イエズス会関係の大名および夫人がキリスト教へ捧げた忠誠と敬愛と忍耐を讃仰するため、日本人の信徒がイタリア宣教師の協力を得て作ったものと認められる。

「鉢かづき」の物語は、母と死別した姫君が継母に家を追われるが、よき若殿と結ばれ、母がかぶせた鉢のおかげで幸せになる話である。この姫君は細川ガラシャの姉がモデルらしい。小西甚一によれば、当時のイエズス会の宣教師はよく日本語を勉強していたが、日本人で修道士になった養方軒《ようほうけん》パウロとか、ほういんヴィンセンテとか、ロレンソなどが西欧説話を日本の物語に翻案した可能性がある。〈江戸文学の中の西洋〉の前段階は、室町時代のこういうところにすでに芽生えていたわけだ。

西洋文学は右のようにイエズス会による『エソポのハブラス』（『イソップ物語』）あたりが十五世紀のいよいよ末にわが国に入って来たと見てよいと思うが、さらに近年、西鶴をあれこれ読んでいて、『西鶴諸国ばなし』（貞享二年）の巻二の四の「残る物とて金の鍋」には、『アラビアン・ナイト』に共通するものがあるという意外な説を知った。

この「残る物とて」という短篇が面白い。

ある木綿買の男が、日が暮れて来たので道を急いでいると、八十あまりの老人が近づいて、「ちかごろの無心なれども、老足の山道、さりとては難儀なり、しばらく負てたまはれ」と頼み込む。一里ばかりも過ぎて老人は「せめては、酒ひとつもるべし。是《これ》へ」と言うので、近う寄ると、ふき出す息につれて、うつくしき手樽ひとつ、あらはれける。〈何ぞ肴も〉と、こがねの小鍋いくつか出しける。是さへ合点のゆかぬに、〈とてもの馳走に、酒のあいてを〉と吹ば、十四、五の美女、びわ・琴出して、是をかきならし、後には付ざしさまぐ〳〵、我を覚ず、酔《ゑい》出ければ、〈ひやし物〉とて時ならぬ瓜を出しぬ。

老人は女のひざ枕をして鼾をかき、その時、女は小声になって「私はこの方の手掛者ですが、この方の目のさめぬうちに、ひそかな愛人に会うことを許して下さい」と訴える。この女も息を吹くと、十五、六の若者が現われた。

やがて二人は姿を隠していたが戻って来て、女は若者を呑み込んでしまった。老人も目をさまし、この女を呑み込み、いろんな道具を呑み込み、金の小鍋一つを残して商人に与えた。

日も那古《なご》の海に沈み、老人は住吉の方へ飛び去った。酒に酔った商人はうたたねをして楽しい夢を見た。目をさますと金の鍋一つが残っていた。

この話は何度読んでも面白く、また楽しい。

『アラビアン・ナイト』と共通する魔法のランプの不思議さと、一種、超現実的な味わいがある。

解説者（明治書院版『西鶴全集』の校注者、麻生磯次・富士昭雄）も、もともとは『アラビアン・ナイト』にしても、古代インドの説話から来ている可能性があると言っている。古代インドの説話がギリシャに流れ込み、同じ説話が今度は別ルートでインドから中国へ、そこから多分長崎経由で、室町から江戸初期の日本に入って来たのであろう。

三

このあたりで少し話題を変えて、西洋における（とくにフランスにおける）日本の文学の研究、翻訳に眼を向けよう。

われわれは西洋文化の受け入れの方に、ともすれば眼が行くのだが、それればかりではないこともいってておかねばなるまい。西鶴に関しても、たとえばガリマール書店から一九九四年に刊行された五五〇ページもの大冊、アラン・ヴァルテルの『日本古典の好色性』（Erotique du Japon classique）——未訳がある。

開巻冒頭に「身はかぎりあり、恋はつきせず」という『好色五人女』の一行が日本語で印刷されている。ドン・ファンやカザノヴァ、また光源氏とともに、わが世之介も好色の誘惑者としてしきりにこの本に登場する。

それにしても「愛」はいつ、日本にどのように生まれたのだろうか。『字通』を見ると愛は国語では「かなし」に当たるが、万葉にも「かなし」の意では愛の用例はないという。愛（うるはしき）などはある。芭蕉の句に愛の用例を見たことがあった。ところで愛はギリシャでは狂気、災厄の一種だったのであり（フランス中世文学の新倉俊一による）、プラトンにおける愛は少年愛であり、決して女性への愛ではなかった。官能的な女性への愛は十二世紀の南仏に生まれたとされる。歴史家セニョボスも「愛は十二世紀の発明である」とした。「悪」とは自然のことであり、しばしば女性のことだとされた長い歴史が西洋に続いたことを忘れてはなるまい。「恋」は日本文学では古くからあったが、「恋人」は少ない。わたしの見たところ『好色五人女』にはあったが、その前はいつなのか、このあたりの問題についてはどなたかの教示を待ちたい。

昭和六〇年（一九八五）には小沢正夫訳・編による『フランスの日本古典研究』（ぺりかん社）が出版されており、シャルル・アグノエルの「源氏物語の本質」、ベルナール・フランクの「今昔物語集とその世界」、珍しいところでジュオン・デ・ロングレの「悪左府頼長」といった論文が並べられている。悪左府頼長は非常な読書家として知られているから、時代を変えて江戸中期以後に生まれていれば、漢籍ばかりでなく、ラテン語、オランダ語などを習得して西洋哲学や西洋文学の愛好者になったかも知れない。彼ほどの権力者ならどのような手段によってでも、原典や漢訳による西洋の本をわがものとしたことだろう。

ここには残念ながら江戸文学にかかわる論文は収録されていないが、巻末の編者小沢正夫による「フランスにおける日本古典研究」に、レオン・パジェスの『日仏辞書』（一八六二―六八年刊）とレオン・ド・ロニーの『詩歌撰葉』（一八七一年刊）が紹介されている。一八六二年と言えば文久二年、高杉晋作らが品川御殿山に建設中の英国公使館を焼いた年であり、六八年は、鳥羽伏見の戦のあった、まさに江戸最後の年、このような時にパジェス『日仏辞書』は成ったのであった。またロニーの『詩歌撰葉』は一八七一年、明治四年に完成したものだが、三十四ページにわたる日本の詩歌概説と、日本の詩歌七十篇のフランス語訳で出来ており、古代から近世までの和歌や日本人による漢詩も含まれていた。完成したのは明治四年でも、一八三七年生まれのロニーは幕末期に仕事を進めたに違いない。薩長の新政府軍が江戸城に入った一八六八年、ロニーはパリの東洋語学校の日本語教授になった。

なお一つ例をあげればわたしの机上には、札幌在住の千葉宣一氏から贈られた『LES HAIKAI DE KIKAKOU』（『其角の俳諧』）という縦十七センチ、横十二センチの、小型ながらページ数は三四一ページもある本がある。出版年は一九二七年という二十世紀の二〇年代に出た仏語の原書で、仏訳はクニ・マツオ（松尾邦之助）とシュタイニルベル=オベルランの共訳となっている。江戸期の西洋詩移入や翻訳にかんする千葉氏の研究には、かつて多くを教えられたことがある。

其角の仏訳本について少し紹介すると次のような句とフランス語訳がある。

梅寒く愛宕の星の匂かな　　其角

前書に「久松粛山亭にて」とあり、『五元集』に収められる。粛山という人は伊予松山藩士で其角の門下、同藩の江戸藩邸が愛宕にあったらしい。

Nuit fraîche.
Fleurs de prunier.
Sur le mont Atago, couronne d'étoiles
embaume.

直訳すれば「寒い夜。梅の花々。愛宕の山の上に、星々で出来た一個の冠がよい匂いを放っている」とでもなろうか。

浮助や扈従見にゆく桜寺　其角

「浮助」とは元禄のころ、「遊び歩く男」「遊冶郎」のことを言った語のようだ。「扈従《こしょう》」は「貴人につき従う人」「主君のお供」のことで、乾裕幸は「有髪の少年で、多くの男色の相手とされた」としている。桜で名高い寺に、花見にではなく、「桜のような小姓を見に行く意」（乾）で池西言水編「東日記」に収める。

Sous les fleurs de cerisier du temple,
　le libertin
accoste les mignons de la Cour.

直訳すると「寺（temple）の桜の花の下に／遊蕩児《リベルタン》が／宮廷の小姓《ミニヨン》たちになれなれしく近づく」といった意味になろう。松尾邦之助らは、「花の清らかさ、場所の神聖さと――悪徳の皮肉な対比」との解説を加えているが、浮助がリベルタンと訳されるとはいかにも可笑しい。

四

また大きく話題を変えるが、しばらく前に『〈鎖国〉を見直す』（山川出版社）という五年ほど前に刊行された本を手にした。実際に読んだ論文はロナルド・トビの「変貌する〈鎖国〉概念」と、小笠原小枝の「輸入反物が語るインド更紗の盛衰」、西田宏子の「鎖国時代の花形商品・伊万里焼と蒔絵漆器」の三篇で、さらに巻末の座談会「〈鎖国〉を見直す――江戸の暮らしは国際関係の中に」を面白く読んだ。出席者はロナルド・トビ、速水融、斯波義信、川勝平太、司会は永積洋子である。

全体として江戸時代のいわゆる「鎖国」は、かつて信じられたようなかたちでは、「なかった」という思想に貫かれている。

トビ氏の論文によると駐日米国大使だった故ライシャワー博士は「日本は、エリザベス一世の時代に眠りこみ、ヴィクトリア時代までは目覚めを知らなかった」と言ったそうである。イギリス女王エリザベス一世の在位は、一五五八年から一六〇三年までだった。一五五八年は永禄元年で、ザビエルは日本を去ったが、その翌年には名高いガスパル＝ピレラが九州から京都に上ってキリスト教の布教をしている。先にも出てきたように一六〇三年は家康が江戸に幕府を開いた年、三年前の関ヶ原の戦の年にはイギリス人、ウィリアム・アダムス（三浦按針）が漂着しているわけで、外国に対して眠り込んでいたとは言えない。

一六一三年には支倉常長が陸奥の月浦を出航しており、眠り込んだとして大きく間違っていないのは、三代将軍家光の治世下だったとしていい。綱吉になると随分異人にも心を開き、出島のオランダ商館長《カピタン》が年一回、拝謁に来るのを楽しみにしていたし、一六八六年には長崎のオランダ船に銀三千貫の貿易を認めている。次の将軍家宣の時代になると新井白石は西洋に強い関心を抱いた。八代将軍吉宗はいささか複雑で、青木昆陽を重要視してオランダ語学習を命じたりするが、吉宗が政治上の相談役ともした儒者の荻生徂徠は、あれほど先王（堯舜から周公まで）の世の古い中国に心をめぐらし、古文辞を唱えたのに、どうやら西洋には関心が薄く、宣教師シドッチを尋問し、オランダ人カピタンに西洋事情を尋ねた新井白石にはその点で及ばず、ライヴァルとも言える京都の儒者、伊藤東涯（仁斎の子）が「西夷南蛮遠き海外の人ども、年々にわが国に来りあつまるを聞くに」、彼等も人間としての倫理は共通であるとする柔軟さは徂徠にはなかった（吉川幸次郎著『仁斎・徂徠・宣長』——岩波書店——による）。とは言え、最初に腑分けの人体各部を見た京都の医師、山脇東洋も、『解体新書』の杉田玄白も、徂徠思想の影響をつよく受けているとされ、徂徠がまったくの西洋嫌いと断言できるかどうか、どうやら一筋縄では行きそうもない。漱石の小説『草枕』にも、頼山陽のよりも徂徠の字の掛軸のほうがいいといった話が出て来るけれど、江戸と西洋、日本と西洋の問題を身をもって体現したかのような漱石が、徂徠にごく若い頃から関心を抱いていたことがここからもわかる。

青木昆陽についても、わずかでも触れておこう。

江戸と西洋のかかわりということになれば、西鶴没後数年目の元禄十一年（一六九八）に生まれ、明和六年（一七六九）に没した青木昆陽の存在は大きい。吉川弘文館の『日本随筆大成』に収められた『昆陽漫録』『続昆陽漫録』『続昆陽漫録補』にも、阿蘭陀の記事は各所に出て来る。昆陽は京都で儒者の伊藤東涯の門に入り（前に見たように東涯は異国や西洋に眼を開いていた）、江戸に帰ってからは、与力で国学者であった加藤枝直《えなお》の地内に住み、枝直の推挙で大岡越前守に知られ、『蕃藷考』及び、その訳書を著わして、これが吉宗の眼にもとまった。『昆陽漫録』の解題には「昆陽が早くから海外の学芸に眼を向けて、此《これ》を自ら身に修めたその烱眼殊に賞せられるべきであろう」とある。

昆陽の書きものを見て行くと「阿蘭陀文字」は二十五字（アルファベットのこと）で、「横ニ続ケテ用ユ」とある。ＡＢＣＤと二十五字の大文字、小文字を描き、「アベセデヨリ読ミハジム」としてある。昆陽がオランダ人としばしば会って話し合っていることが、この『漫録』からもよくわかる。「阿蘭陀人常ニ用フル下薬ノ、ビヨルハンムアルムデト云フ練薬《ねりぐすり》ヲ飲ムニ、少シ酢フシテ、甚タ緩ク下シテヨロシ」などとあり、また「我国ノ城ノ制ハ西土ニコレナシ、織田殿ノ時、南蛮人今ノ城制ヲ伝フトイフ」ともある。「先年阿蘭陀人へ竜骨ヲ見セテ尋ネシニ、阿蘭陀人ステイント云フ。ステインは石ナリ」。一角獣の話も出て来る。「日時計ヲ阿蘭陀ニソンネウエイスルト云フ。阿蘭陀は昼十二時、夜十二時、昼夜二十四時、一時六十刻、昼夜千二百刻ナリ」などともある。

昆陽は六種のオランダ語入門書を著わし、そのオランダ語知識は前野良沢らに受け継がれた。昆陽の活動期は、西鶴が紅毛とか阿蘭陀《オランダ》とかの文字をその浮世草子や俳諧に記してから、およそ七十年後に当たる。

さてライシャワーの言葉に戻れば、ヴィクトリア女王の在位期間は一八三七年から一九〇一年までで、ヴィクトリア女王の治世の初期には蛮社の獄があり、攘夷論は一八六〇年代の終りまで続いたが、一八四九年には長崎通詞の本木昌造らがオランダから活字を購入したりしている。すでに一八二三年には国学者の中島広足がドイツの詩「やよひのうた」他一篇を訳しているが（昆陽の弟子、前野良沢が、将軍家治の命によりラテン語の押韻四行詩を訳したのは、フランス革命に十年も先立つ一七七九年であった）、決してライシャワーの言うように異国に眼を閉ざして眠り込み、ヴィクトリア時代にようやく目覚めたわけではなかった。ついでに言っておくとヴィクトリア時代のさなかの一八六二年という年に、この国と西洋（文学もむろん含めて）のかかわりに、明治初期以来、もっとも大きな力を振るった森鷗外が津和野に生まれており、漱石がロンドンに行ったまさにその年にヴィクトリア女王が没している。

トビ氏の論文に戻ろう。

「ここ一五年ないし二〇年来の研究動向として（筆者も含めてだが）、近世の日本は密封状態のイメージを呼び起こす〈鎖国〉的状況どころか、江戸時代を通じて、日本の外交や政治経済は、東アジア諸国と密接につながり、日本の外交政策は東アジアの域内経済や、日本の国内政治経済にとって、極めて重要な役割を果たし続けた、とする見解が次第に支配的になってきたのである」と氏は強調する。

一九四二年生まれというトビ氏は、鎖国時代の日本が東アジアと密接につながっていたとしているが、伊万里焼をめぐって西田宏子は次のように書いている。

「江戸時代、しかも鎖国の時代に日本の磁器が輸出されていたことは、大正時代初期にヨーロッパを訪れた大河内正敏博士によってその著『柿右衛門と色鍋島』に驚きをこめて発表されている。……

（やがて第二次大戦の戦後になってのことだが、大英博物館他に所属するイギリスの専門家が）来日の機会あるごとに有田まで足をのばし、窯跡を見て歩き、伝統技術を持つ陶芸作家達との交友を深めていた。そしてこの交流のなかから伊万里焼が貿易品として東南アジアから中近東諸国、さらにヨーロッパへと輸出されていたことが明らかにされていったのであった」。

西田氏はまた次のように記している。

「一六八〇年代にオランダのオレンジ公ウィリアムに嫁したメリー妃は、ハーグの宮殿で暮らしていた時期に、東洋ことに日本磁器に興味をもち……、一六八八年、革命によって追われた父王に替わって王位につくため、英国に戻った……ロンドン郊外のハンプトンコート宮殿にはメリー女王ゆかりの磁器がのこっている」。

一六八〇年代というと綱吉の時代で、オランダの貿易船は前にも述べたように長崎の港に入っていた。日本磁器は十七世紀末という時代にハーグに、またロンドン郊外に愛蔵されていたのである。

西田氏はまた磁器だけではなく蒔絵《まきえ》漆器もヨーロッパに輸出されていて、マリー・アントワネットが用いた化粧机などに日本の蒔絵が使われていたと教えてくれる。

座談会での各氏の発言は興味深いが、ここでは割愛する。

これまで述べ、また紹介して来たように、キリスト教（イエズス会だけではなく、ドミニコ教団、フランシスコ派も布教のためにはるばるとやって来ていた）や、さまざまな物品は、この国の室町以来、江戸期になっても入って来、日本からもいろんな物品が、アジア諸国はむろん、遠く江戸期と同時代の西洋にも貿易品として出て行ったが、ただ西洋の文学だけは特筆に価するものは入って来なかったとしてもいいのではあるまいか。西洋の宣教師も商人も、大方は文学的教養と言えるほどの教養を持っていなかったし、また教養はあっても、それをこの国に伝えるよりも他の目的や使命を持っていた。

江戸開府の前年の一六〇二年には、シェークスピアの『ハムレット』が完成していたし、二年後には『オセロー』が舞台に掛けられていた。翌年は、セルバンテスの『ドン・キホーテ』の前篇が刊行される。詩人、安藤東野が若くして没した一七一九年、デフォーの『ロビンソン・クルーソー』が出版されるが、ようやく幕末にオランダ語訳からの重訳が出版されたにすぎず、原文からの訳は明治十六年（一八八三）に『絶世奇談魯敏遜《ロビンソン》漂流記』と題されて出たという（明治十九年、円朝と並び称される松林伯円が、早くも寄席でこの本を読み上げていたと聞いたことがある）。一七七四年（安永三）、早くも蘭学者で通詞の本木良永《もときよしなが》は、コペルニクスの理論も出て来る『天地二球用法』を訳したが、同じ年に出版されたゲーテの『若きウェルテルの悩み』が江戸人の手によって訳されることはなかった。ゲーテもシェークスピアもみな明治になって訳された。

十八世紀のいよいよ世紀末に生まれ、一八三〇年代、四〇年代に大長篇を書きに書いたバルザックは、世界各国と各国人（中国や南米のブラジルやパラグァイのことまで出て来る）を登場させたが、日本にはどうやら関心がなかった。それにしてもバルザックに関心を抱いた日本人の最初の人は誰だろうか。少なくとも慶応三年（一八六七）という江戸最後の年に、尾崎紅葉、幸田露伴、斎藤緑雨、などとともに生を享けた夏目漱石は、二十世紀のいよいよ初めのロンドンでバルザックの小説『ゴリオ爺さん』の英訳を読んで、〈To love a married woman! This is French indeed!〉といったいかにも漱石らしいメモを残している。パリで『ゴリオ爺さん』の初版が刊行されたのはそれより六十五年前の一八三五年であった。バルザックは一八五〇年まで生きていた。

次に面白いのはビーダーマイヤー期（一八五〇年前後）のウィーンで柳亭種彦がドイツ語に訳され、読まれたという話がある。

二〇〇三年の暮に刊行されたヨーゼフ・クライナー著『江戸・東京の中のドイツ』（安藤勉訳――講談社学術文庫）をめくっていたら、「ビーダーマイヤー期のウィーンで読まれた江戸戯作」という章があった。柳亭種彦の『偐紫《にせむらさき》田舎源氏』は実は江戸城大奥をモデルにしたとの風評が巷間に流れるようになり、種彦は天保十三年（一八四二）になって厳しく取り調べられ、病死か切腹か、時を置かず世を去った。それからわずか五年後の一八四七年、種彦の『浮世形六枚屏風《うきよがたろくまいびょうぶ》』が、アウグスト・プフィッツマイヤーによってドイツ語に訳され、日本語原文と、初代歌川豊國の挿画つきで刊行され、ウィーンで読まれたのである。一八四七年と言えば馬琴や先ほどのバルザックの晩年に当たる。『江戸・東京の中のドイツ』の著者は、「アウグスト・プフィッツマイヤーは、柳亭種彦より二十五年後に生まれた同時代人である。したがってプフィッツマイヤーは、同時代の日本文学を、つまり独学で苦労して習得した日本語からリアルタイムでドイツ語に訳出したのである」としている。

ウィーンでドイツ語訳が出たというこの話は、昭和四十年（一九六五）刊行の伊狩章『柳亭種彦』（吉川弘文館）にも、内容は不明としつつ三行ほどの記述がある。

江戸期にあって文学上の〈鎖国〉は確かにあり、そのおかげで芭蕉もカピタンに寄せて「阿蘭陀」の句は詠んではいるものの、その俳諧は言わば〈純粋の日本の詩〉として成立し得たのかも知れない。とは言え西洋の詩の影響は芭蕉にはないが、外来の唐宋の詩の影響はその句に深く刻まれているわけだ。また西行、萬葉集とさかのぼれば、二、三世紀に早くも『詩経』は多分朝鮮を通って出雲のあたりに入って来たという説があり、その詩を楽しむことのできる人々がすでにいたとされる。そのエスプリは長年月のうちに少しずつ変化変容しながら江戸の漢詩や和歌俳諧にまで流れ込んでいよう。芭蕉の前世代のフランスの大詩人はロンサールであるが、ロンサールがもしも江戸の日本語に訳されていたらと空想するのも楽しい。さらに服部南郭や柏木如亭の詩、其角や蕪村の句がリアルタイムでフランス語に訳されて、ロマン派の詩人やボードレールやヴェルレーヌが読むということが起こったらという想像をしてみるのも面白い。

五

さてこのエッセイの最初のほうに萩原朔太郎の名が出て来るが、朔太郎の詩集『月に吠える』の一篇「笛」の次の一行をこのところよく思い出す。

いみじき笛は天にあり

この「天」の中には上州前橋生まれの朔太郎（明治十九年に生まれた）の内面にあったキリスト教の

「天」と、明治二〇年代の終りから三〇年代にかけて（いや今から六、七十年前までの）小中学校で学んだ人々の心の深部にしみ込んだであろう、儒教の「天」の双方が混じっているのではあるまいか。

上州は安中《あんなか》に新島襄を生んだ土地で、安中教会は今もあるが、前橋にもプロテスタントの教会や信者は多い。朔太郎は従兄の影響でキリスト教にひかれるようになり、初期の詩に、とりわけピリピリする神経的な特徴にみたされていて、暗い道に一点の光を求めるかのような、キリスト教や聖書の色合いや感覚が濃厚だが（詳しくは拙著『萩原朔太郎』１・２――みすず書房――を見られたい）、この詩人はまた西洋にとりわけつよい憧憬（現在のわれわれが抱きようもないほどの、「ふらんすに行きたし」、といった）を内に持った人であった。昭和十二年ごろの朔太郎の「日本への回帰」は、この憧憬と切り離すことができない種類のもので、西洋の文化や精神を捨てて日本主義に戻ろうという単純な思想ではなかった。

わたしがここで手短かにではあるが紹介したいのは、幕末に仙台と江戸で儒学を学び、明治になるとアメリカに渡って、アメリカのキリスト教を中心とするコミュニティ、「新生同胞教団」に入った一人の人物のことである。すでに明治に入ってからのことでもあり、西洋ではなくアメリカという土地でのことであるが、少しだけ言及しておきたい。新島襄もまた幕末に安中藩士であった。

わたしが語ろうとする新井奥邃《あらいおうすい》は弘化三年（一八四六）の生まれで、天保十四年（一八四三）に生誕した新島襄より三歳年下ということになる。

新島は早くから蘭学、航海術を学び、欧米文明とキリスト教に心酔、維新までまだ四年という元治元年（一八六四）に箱館からアメリカへと密航し、キリスト教に入信、維新後の一八七二年に訪米した岩倉使節団に合流してヨーロッパにも赴いた。明治八年には早くも日本に帰って同志社英学校（京都の同志社大学の前身）を設立するのだが、新井奥邃は渡米以来、明治三十二年（一八九九）まで、ほぼ二十九年もの長期にわたってアメリカにとどまって帰国した。

新井奥邃は仙台藩士の次男として生まれ、嘉永五年（一八五二）、七歳で藩校の養賢堂に入学する。十三歳年長で二十一歳から養賢堂の助教授となった兄の三郎助の影響もあり、奥邃の学は大いに進み、慶応二年、君命によって江戸に上り、最初、昌平黌に入学するが、数日ののちに安井息軒の三計塾に移っている。息軒は篠崎小竹《しょうちく》や、蛮社の獄に際して門人の渡辺崋山の赦免に奔走した松崎慊堂《こうどう》に師事した儒者であり、もともと昌平黌教授だった人である。

こうして江戸で学問の道についたが、奥邃は慶応四年、二十三歳の時、戊辰戦争が起こって急ぎ帰藩、大槻磐渓《おおつきばんけい》と藩の公文書を司る役につく。他方、徳川の体制を守ろうとする奥羽列藩同盟のために尽力する。穏やかな世なら藩の儒者としてやがて重きを成しただろう奥邃は、この大きな転換期の荒波にもまれることになる。九月、仙台藩が明治新政府に降伏すると奥邃は脱藩し、十月、榎本武揚の幕艦に乗って箱館に行き、そこでロシア公使館付のニコライ司祭と出会って、この儒学を学んだ二十三歳の俊秀はキリスト教を知った。

明治二年二月、榎本の了解のもとに兵を募るために仙台に戻るが、募兵は不可能と知り、そこであくまで御公儀に身を尽そうとする佐幕派捕縛リストに自分の名もあるのを知り、身をひそめているうちに箱館五稜郭は落ちる。キリスト教になおも引かれるうちに、明治三年十月、東京で森有礼に出会い、森一行とともに横浜からサンフランシスコ、そこからワシントンを経て、ニューヨーク州ブロクトンのトマス・レーク・ハリスの経営するコミュニティ、「新生同胞教団」に加わった。

アメリカのプロテスタントの歴史について、わたしはよく知らないが、ピルグリム・ファザーズに続いて、ヨーロッパからやって来た多くのピューリタンが、伝統的教会を離脱した新しい教会を中心とする、民主的なタウン・コミュニティを建設した。多分ハリスのコミュニティは、その流れのうちにある、旧来の教会に批判的なコミュニティの一つであろうが、工藤正三氏によると、奥邃の思想は、儒教の言わば東洋思想と、スウェーデンボルグやヤコブ・ベーメなどに見られた神秘思想を根幹とする神秘的キリスト教の精神（そもそも指導者ハリスという人がスウェーデンボルグを源流としていたようである）とが、渾然一体、つまり二而《にして》一となって、見事に融和された思想を確立したところに最大の特色があるのだという。明治期にキリスト者となった日本人は多くは武士として教育を受けた者であったから、東西両思想の合一を目ざす傾向は見られはしたが、奥邃ほど徹底してそのようであったキリスト者は他にいないという。

もともと仙台藩士の奥邃の入ったのはアメリカの教団ではあったが、スウェーデンボルグやヤコブ・ベーメは、キリスト教と言っても、スウェーデンやドイツなどヨーロッパに生まれた神秘主義者の代表であり、これにフランスのサン＝マルタンを加えた三人の神秘主義思想は、前出の「人間喜劇」のバルザックという大作家の根本思想にも深くかかわっていた。バルザックは、ふつうリアリスト、写実主義、現実主義的作風の塊のように見做されているが、実は幻視の人でもあった。『ルイ・ランベール』とか『セラフィタ』といった神秘主義的な作品にはしばしばスウェーデンボルグらの名が出て来、『谷間の百合』にはサン＝マルタンが出て来る。

奥邃はむろん荻生徂徠のような儒者と同じく仏老（仏教、あるいは老子思想）は斥けた。「天」をめぐってであるが、奥邃は孔子や「天」、あるいは儒者について、キリスト教入信から時経ってなお、次のようなことを言っている。

「吾人は儒者の徒に非ざるも、迅速烈風には必ず変ぜしと伝へらるる孔子の謹慎なる性行は亦欽慕《きんぼ》すべきなり」。

「儒者は天を欽崇するも、漠然己《おのれ》より之を想像するに過ぎず。未だ天よりして開けしにあらず。故に彼の知は只自然界の運用を追ふに止まる」。

工藤直太郎氏は、若い頃は明治のキリスト者はみな（幕末に）儒教を勉強したが、内村鑑三も、海老名弾正、植村正久も儒教は捨ててしまい、ただ、奥邃のみは、アメリカに三十年近くもいて儒教と孔子を捨てていないと言う。

実際『奥邃語録』その他（横浜の出版社、春風社から『新井奥邃著作集』が刊行され、全十巻の完結が近い）には儒教についての言葉が多い。工藤氏によれば奥邃は精神的にはキリスト教、日常生活の倫理は儒教で、真に和魂洋才の人という。

「孔子の学は（吾人は孔子に拘はるに非ざれど）始終忠信を主とす。又過てば改むるを憚る勿れと誡む。

其心忠信なれば、言語動静亦自ら忠信にして粗悪なる事必ずなかるべし」。「然れども巧言令色は之と異なりて、其心洵に不忠信ながら、忠信らしく其場に偽飾す。此れ似て非なる不仁者也」。「〈五十而知二天命一〉、知は、知りて之を奉ずる也。命を奉ぜざる者は、命を知らざる者也。〈天命〉は、天命の已に関する者を謂ふ、乃ち天意の我に在る処、此れ天命全般を謂ふに非ず。〈六十而耳順〉、此れ知言の熟する者、即ち良心の知殆ど五体に充実するの徴……」。

これらは時経って、明治四十一年（一九〇八）、六十歳になってのキリスト者、奥邃による孔子や天命への言及だった。

現在のアメリカのキリスト教右派（福音派）が大統領選挙にも食い込んで、ゴッド、ゴッドと怪しげな牧師が何千人もの大衆を前にスピーカーで吠え立てる宗教的退廃を思う時、この儒者出身の明治人のキリスト者の存在をもう少し知りたいと思う。田中正造、野上弥生子らがこの人について語っている。

それにしても日本人はいつごろからアメリカの土地を踏んだのだろうか。早くは文化十二年（一八一五）、四八四日にわたる漂流の末に、尾張の船「督乗丸」がカリフォルニア沖で英国商船フォレスタ号に救助され、ロスアンジェルスの北のサンタ・バーバラに上陸したという記録がある。

この年、江戸滞在中の菅茶山と五山、詩仏、如亭らが寛斎宅で会っており、茶山は蘭軒宅では南畝、狩谷《かりや》棭斎《えきさい》とも会っている。

アメリカ船がオランダ傭船としてだが、長崎にやって来た初めは寛政九年（一七九七）、享和三年

（一八〇三）には貿易を求めるアメリカ船が同じく長崎へ入港して、幕府に拒否されている。タイモン・スクリーチ著『大江戸異人往来』（マルゼン・ブックス）を見ていたら、一八〇一年に長崎に合衆国の船「マーガレット号」が現われ、そこには黒人の料理番も乗っていたとあった。乗組は長崎奉行の前に引き出された。いずれも将軍家斉の治世下のことで、黒船などより遥か前の十九世紀のいよいよ初頭からアメリカ船は日本の港へ入ってはいた。

ところでわたしは今から二十二、三年前、二度目にヨーロッパに十ヵ月ほど滞在した帰途、パリから南米のウルグァイに行き、アルゼンチン、ブラジルを経て、北上し、メキシコにも滞在した。ウルグァイの首都モンテビデオの人々は、南米でも都市部ではもっとも知識水準の高いことで知られているが、彼らはニューヨークよりはパリに憧れに近いものを持っているのがわかった。新刊書店にも古書店にもフランス文学、フランス文化の本（十九世紀以後、フランスで刊行された）が数多くあった。そうした書店でわたしは無造作に置いてあったシュペルヴィエルの詩集『誕生』の、著者署名入りのどこかの大使への献呈本を驚くような安い代金で買ったりした。十九世紀中頃から、とくに（イタリアからの移民に次いで）南仏の人々がこの大草原《パンパ》の国に移民としてやって来て、詩人のロートレアモンもラフォルグもシュペルヴィエルもその移民の子たちで、みなウルグァイで育ってパリへ出て行った。

こうして「江戸と西洋」というテーマと同じように、文学的にも「ウルグァイと西洋」といったテーマも成立つのである。この場合の西洋には、スペインやポルトガルなど南欧の色濃く、それらの国々は北方のオランダとともに、日本の江戸期の人々がつよくかかわりを持った国々でもあった。

ところで昨年亡くなった網野善彦の『日本社会の歴史』下（岩波新書）によると、すでに一六一三年、ペルーのリマに、二十人の日本人がいたという。一六一三年と言えば慶長十八年、秀忠の時代で、支倉が政宗の遣欧使節としてメキシコに到着した年でもある。そんなころから日本と中南米のかかわりがあったのに驚かされる。メキシコではわたしは詩人オクタビオ・パスと会って、芭蕉や世阿弥の話をする約束になっていたが（世阿弥についてはよく知らないので内心困っていた）、パスは急にヨーロッパに行く用事が出来て不在、数年後に東京でゆっくりと会い、この詩人と江戸の俳諧とアンドレ・ブルトンらのシュルレアリスムの詩の話をすることができたのであった。この詩人こそ江戸も西洋もよく知る中米のすぐれた詩人であった。

Ⅱ

『吾輩は猫である』と漱石俳句

『吾輩は猫である』が書かれて今年は百年だという。

谷崎潤一郎が『痴人の愛』のモデル、義妹だった美少女の葉山三千子（本名せい）を主演に、映画『アマチュア倶楽部』をつくったのがそれからまた十五年経った一九二〇年、しかしすでに十九世紀のいよいよ世紀末の一八九九年には『稲妻《いなづま》強盗』なる活動写真が製作されており、同じ年に歌舞伎で名高い六代目菊五郎が子役で出て来る『紅葉狩』も撮影された。

一八九九年は、ケンブリッジ大への留学から帰国した田中銀之助らが、慶応でラグビーを始めた年でもあった。益田男爵家の兄弟による日本のジャズが起こったのも同じ頃であり、シンガー・ミシン裁縫女学院は一九〇六年に開校し、パリではポール・ポアレがコルセットを廃止して女性を解放し、同じ頃、日本では呉秀三博士が、精神病院の病者の拘束を緩和した。漱石夫人の鏡子によれば、漱石は呉教授の診察を受けたことがあり、教授は精神の異常は認めたが、治療を奨《すす》めなかったという。

フランスのとくにパリでは、二十世紀の初めから大体第一次大戦の始まるまでの時代を、「ベル・

エポック」（よき時代）と称する。幸福な、楽しかりし時代ということだが、当時のフランスは問題山積し、十九世紀末のドレフュス事件は二十世紀になってなお尾を曳き、モロッコ事件もあったし、第一次大戦は迫っていた。この戦争は一九一四年、サラエボ事件に端を発し、日本も参戦した。しかしどの国にあっても二十世紀初頭は表面上の繁栄はひろまり、作家や芸術家には羽をのばしやすい確かによき時代であった。

さて、一九〇〇年、アポリネールはまだ二十歳で、日刊新聞ル・マタンに、若書きの小説『何をなすべきか』を連載、一方、新聞広告によってパリ株式取引所に勤めを見つけていた。夏目漱石がドイツ汽船プロイセン号の乗客となって横浜を出帆、ロンドン留学に出かけたのはこの年である。漱石は三十三歳、すでに結婚して一女をもうけていた。この時の漱石はまだ小説家ではなく、寺田寅彦の言い方を借りれば「英文学の先生で俳人であった」。

漱石がこうしてイギリスに出発した年こそが、日本の二十世紀の始まりであった。漱石は十月、パリに一週間滞在して、万国博覧会を見ている。徳川期の最後に近い慶応三年（一八六七）二月開会のパリ万博には徳川昭武らが出席、浮世絵や磁器などを出品していた。

子規はそのころ、すでに病床にあったが、どんな健全者よりも頭脳も心も活発に働いていた。一九〇一年四月に、漱石がロンドンで書いて「ホトトギス」に送った「倫敦消息《ロンドン》」の末尾は、「しかして我輩は子規の病気を慰めんがためにこの日記をかきつつある」としめくくられている。

一九〇〇年、ヨーロッパではニーチェが狂死し、フロイトが『夢判断』を出版していたと思えば、同時代とはまことに不思議なものである。一九〇一年、田中正造が足尾鉱毒事件で天皇に直訴し、ロシアでは軍需工場でストライキが起こり、労働者が軍隊と衝突して、やがて来るレーニンらの革命を予告していた。

さてこれから漱石の『吾輩は猫である』を何十年ぶりかで読み返してみたいと思っているのだが、その前に言うならば十九世紀の世紀末の、俳人漱石を見てみたい。

岩波文庫の『寺田寅彦随筆集』の第三巻には「夏目漱石先生の追憶」という文章が収められていて、その冒頭に、熊本の旧制第五高等学校の生徒だった寅彦が、まだ二十九歳の夏目先生の自宅を訪問するくだりが出て来る（新カナにしてある）。

自分は〈俳句とはいったいどんなものですか〉という世にも愚劣なる質問を持ち出した。それは、かねてから先生が俳人として有名なことを承知していたのと、そのころ自分で俳句に対する興味がだいぶ発酵しかけていたからである。その時に先生の答えたことの要領が今でもはっきりと印象に残っている。〈俳句はレトリックの煎じ詰めたものである。〉〈扇のかなめのような集注点を指摘し描写して、それから放散する連想の世界を暗示するものである。〉〈花が散って雪のようだといったような常套《じょうとう》な描写を月並みという。〉〈秋風や白木の弓につる張らんといったような句は佳《よ》い句である。〉〈いくらやっても俳句のできない性質の人があるし、始めからうまい人もある。〉こんな話を聞かされて、急に自分も俳句がやってみたくなった。

この時の漱石の俳句論は、いまでも初心者向けに十分通用すると思われる。とくに去来の「白木の弓に」が漱石の好みだったとは面白い。

思い出すのは虚子の「漱石氏と私」の初めのほうに、弓を射る若い漱石が登場することである。明治二十八年（一八九五）に若い虚子は松山に帰省する。その頃、漱石は松山中学の先生をしていたので、子規は虚子に漱石を訪問することをすすめる。すでに三、四年前、虚子は子規の家で、学生服の漱石と子規と三人で、その家の母堂手づくりの松山鮓《まつやまずし》という五目鮓を食べたことがあった。

虚子は初対面のつもりで漱石の下宿を訪ねる。

（下宿の上《かみ》さんが）〈夏目さんは裏にいらっしゃるから、裏の方に行って御覧なさい。〉とでも言ったものであろう、私はその家の裏庭の方に出たのであった。今言った蓮池や松林がそこにあって、その蓮池の手前の空地の所に射垜《あづち》があって、そこに漱石氏は立っていた。それは夏であったのであろう、漱石氏の着ている衣物《きもの》は白地の単衣《ひとへ》であったように思う。その単衣の片肌を脱いで、その下には薄いシャツを着ていた。そうして其《その》左の手には弓を握っていた。

この射垜《あづち》（弓を射る時、的の背後に土を山形に築いた所）のある空地の漱石像は鮮やかだ。

永き日や欠伸うつして別れ行く　　愚陀

虚子はこの句を引用して、「愚陀《ぐだ》というのは其頃漱石氏は別号を愚陀仏といっていたのであった」

としている。この愚陀とか愚陀仏というのは、ノンキでもあり可笑《おか》しくもあるが、漱石は精神的に不安定な時に多く句をつくっているのであるから、自分を滑稽化し、神経をのびやかにするために、こうした俳号をつけたと思われる。

ここらで漱石のごく初期の俳句を少し見てみることにしよう。

もっとも古い句は次の二句で、明治二十二年（一八八九）、子規宛の手紙に付せられたものである。漱石は一月に初めて子規と交友を結んでいて（柴田宵曲によれば寄席好みがこの交友のきっかけとなった）、この句は五月十三日の手紙に出て来る。漱石は二十二歳だった。

帰ろふと泣かずに笑へ時鳥
聞かふとて誰も待たぬに時鳥

「笑へ」とすでに若い漱石はその最初の句から言っている。子規の喀血への見舞いの句だった。

二十世紀にあと十年という翌一八九〇年の句では、次の二句が面白い。

西行も笠ぬいで見る富士の山
寐てくらす人もありけり夢の世に

漱石が富士に登ったのはその翌年、二十四歳の時で、この頃から本気で俳句を始めたようである。

馬の背で船漕ぎ出すや春の旅
親を持つ子のしたくなき秋の旅
螢狩われを小川に落しけり
世を捨てて太古に似たり市の内
吾恋は闇夜に似たる月夜かな

漱石の恋についてはいろんな説があるが、今はそういうところへはうかうかと立ち入るまい。

朝貌に好かれそうなる竹垣根

次の「悼亡」十三句は、漱石が憧れたという若い嫂、登世《とせ》の死に際したものである。

朝貌や咲た許り《(ばか)》の命哉
君逝きて浮世に花はなかりけり
骸骨や是も美人のなれの果
今日よりは誰に見立ん秋の月

明治二十七年（松山の射垜《あづち》のある空地の漱石を虚子が見た前年）の句に、弓の句が出て来る。この頃から弓を始めていたのだろうか。

大弓やひらり〳〵と梅の花
　矢響の只聞ゆなり梅の中

のどかな句である。二十世紀までもう数年という年で、漱石は二十六歳となって大学を卒業し、大学院に入り、十月には東京高師の英語教師にもなっている。ともかくこの年の弓の句はのどかでよい。

　弦音にほたりと落る椿かな
　弦音になれて来て鳴く小鳥かな

これらは三月の、子規を初めとする友人たち宛の手紙に付けられた句で、明治二十八年十月三十一日の子規宛の句に、

　尼寺に有髪の僧を尋ね来よ

がある。この年の漱石は、春に肺病の疑いで療養につとめ、十月は小石川の法蔵院という尼寺に下宿し（この時のことは『吾輩は猫である』に出て来る）、十二月、鎌倉円覚寺に参禅する。漱石はいくらか精神的危機にあったらしい。この年の句と推定される句に、次のようなものがある。

　　君を苦しむるは詩魔か病魔かはた情魔か
　花に酔ふ事を許さぬ物思ひ

子規に寄せた句で、「君」とは子規のことだろうが、自分自身のことでもあったのかも知れない。ところで明治二十八年の子規の句に次のような佳句があるのを人に教えられた。何度思い出してもこれぞ「俳」と思わせる。

夏羽織《なつばおり》われをはなれて飛ばんとす　　子規

なかなか肝心の『吾輩は猫である』に入ることができないが、もう少し漱石若年の句を見てみることにしよう。翌年は松山中学の教師として、前述したように虚子に会った年だが、急激に句作の量が増えたことに驚かされる。東京を去って淋しくもあったのだろう。虚子の「漱石氏と私」によれば、漱石は上野という四十位《くらい》の未亡人が、若い娘さんとやっている素人下宿にいた。そこに子規も移り住むことになってからは、漱石は二階に移り、下を子規に明け渡した。子規は日清戦争への従軍の結果、いっそう健康を損って半病人でいたが、大勢の俳友を病床に引きつけて、休む間なしに句作をしたり批評したりしていた。

その頃の子規についての漱石の思い出が面白い。

「子規という男は何でも自分が先生のような積りでいる男であった。俳句を見せると直ぐそれを直したり圏点をつけたりする。それはいゝにしたところで僕が漢詩を作って見せたところが、直ぐ又筆をとってそれを直したり、圏点をつけたりして返した。それで今度は英文を綴って見せたところが、奴さんこれだけは仕方がないものだから Very good と書いて返した」

岩波の『漱石全集』第十二巻の巻末解説で、小宮豊隆は、その年（明治二十八年）の十月十九日、子規が東京に出て行ったあとも、松山に残った漱石の俳句に対する熱意は続いたとし、子規の「明治二十九年の俳句界」という時評を引用している。

「漱石は明治二十八年始めて俳句を作る。始めて作る時より既に意匠に於て句法に於て特色を見出せり。其意匠極めて斬新なる者、奇想天外より来りし者多し。……漱石亦《また》滑稽思想を有す。……然れども漱石亦一方に偏する者に非ず。滑稽を以て唯一の趣向と為し、奇警人を驚かすを以て高しとするが如き者と日を同じうして語るべきにあらず。其句雄健なるものは何処迄も雄健に、真面目なるものは何処までも真面目なり」

二十世紀にあと六年という一八九五年の句で、雄健、真面目なのに次の句がある。

夜三更僧去って梅の月夜かな

これは三月だが、九月になるとにわかに多作になったのは、八月末、子規と同宿することになったからである（十月十九日まで）。

風吹けば糸瓜をなぐる瓢かな
痩馬の尻こそはゆし秋の暮

凩に裸で御はす仁王哉
時雨るゝや泥猫眠る経の上
猫も聞け杓子も是へ時鳥
夏痩の此頃蚊にもせゝられず
海鼠哉よも一つにては候まじ

こういう句は滑稽思想のうちに入る句で、なかにはノリすぎて（やや軽躁気味に）、「雁ぢやとて鳴ぬものかは妻ぢやもの」という句をつくり、漱石自ら（又始ツタ）との書き入れをしている。右の句に猫の句があり、猫への関心はすでに始まっているのがわかる。「恋をする猫もあるべし帰花」というのもある。「寒月や」の句が二句あり、どうしても『吾輩は猫である』の登場人物、寒月君（寺田寅彦もそのモデルの一人）を連想させる。

翌明治二十九年四月、熊本の旧制五高の教師となってからも、あいかわらず多作だが、次の句を引いておくにとどめよう。

銭湯に客のいさかふ暑かな
涼しさや大釣鐘を抱て居る

明治三十年以後も、あいかわらず句作は多い。こうして明治三十三年（一九〇〇）という年の九月、寺田寅彦らは洋行する漱石を横浜港に見送りに行き、船が動き出すと同時に奥さん（鏡子）が顔にハンケチを当てるのを見る。まもなく「秋風の一人を吹くや海の上」という句を書いたハガキが神戸から来た。

漱石は今やロンドンにいる。ロンドンの漱石については「倫敦消息」や「自転車日記」などの小品でいくらかわかる。渡欧の途上の句は五句にすぎず、さすがに句は出来なかったもののようだ。

阿呆鳥熱き國へぞ参りける
日は落ちて海の底より暑かな

次の一句のみがこの年のロンドンの句と思われる。

空狭き都に住むや神無月

二十世紀となった年、一九〇一年には十九句、一九〇二年には十句、しかもそこには「倫敦にて子規子の訃を聞きて」五句（虚子宛手紙に付してあった）が含まれている。

筒袖や秋の柩にしたがはず
手向くべき線香もなくて暮の秋

一九〇三年一月に、神戸着、もはや子規亡き東京に帰る。第一高等学校講師となり、東京帝大文科大学講師を兼任、七月ごろから神経を病む。そうしているうち、明治三十七年（一九〇四）、三十七歳の時、虚子のすすめで、文章会「山会」で朗読するため、『吾輩は猫である』の第一部を書き、翌年一月の「ホトトギス」に掲載されて思いがけない大好評を博した。

帰国した明治三十六年（一九〇三）の句でわたしの好きなのに次の句がある。

愚かければ独りすゞしくおはします
無人島の天子とならば涼しかろ

『吾輩は』の第一部を書いた年の句で面白いのは、シェークスピアから発想した句が十句あることである。

骸骨を叩いて見たる菫かな
罪もうれし二人にかゝる朧月

前の句は『ハムレット』からであり、後の句は『ロミオとジュリエット』による。

さて、『吾輩は猫である』だが、何しろ、十代後半に読んで以来なので、この有名な小説を初めて読むような気持ちがした。『吾輩は猫である』にこんなに俳句のことが出て来るとも、二十世紀というセリフがたくさん出て来るとも、実のところ予想もしていなかった。

冒頭近くに「日本派の俳人」や、蕪村の『春風馬堤曲』のことが出て来るが、やがて名高い「首縊《くく》りの力学」のくだりで迷亭君が、「むつとして弁じましたる柳かな」と「飄然たる事」を言う。これは大島蓼太の「むつとして戻れば庭に柳かな」のもじりである。苦沙弥《くしゃみ》先生の向こう横丁に住む、金田の妻《さい》の偉大なる鼻が話題にのぼり、「おひ君、僕はさつきから、あの鼻に就《つい》て俳体詩を考へて居るんだがね」と苦沙弥先生が言い出す。この俳体詩なるものは、「漱石氏と私」にも出て来るが、日露戦争前後に「ホトトギス」で流行した新体の俳味ある詩のことである。

それにしても『吾輩は猫である』の第五部の初めのほうの、「ほのかに承《うけたま》はれば世間には猫の恋とか称する俳諧趣味の現象があつて、春さきは町内の同族共の夢安からぬ迄《まで》浮かれ歩るく夜《よ》もあるとか云ふが、吾輩はまだかゝる心的変化に遭逢《そうほう》した事はない。抑《そもそ》も恋は宇宙的の活力である。上《かみ》は在天の神ジュピターより下《しも》は土中に鳴く蚯蚓《みみず》、おけらに至る迄此道にかけて浮身を窶《やつ》すのが万物の習ひであるから、吾輩猫どもが朧うれしと、物騒な風流気《ふうりゅうぎ》を出すのも無理のない話しである」などというくだりは、今日とちがって、みんなが滑稽趣味を解した当時にあっても、果して虚子などはどう思ったであろうか。虚子はよいとしても、他の俳人はどうだったのか。虚子は漱石が帰国の翌年、第一部を書いた時には、注文をあれこれとつけ、漱石はそれに従って手を入れたので、そのため第一部は流露感をやや欠くとされているほどなのだ。

子規に句を見せるに当たって、（又始ツタ）と、ノリすぎた自句に添え書したことのある漱石は、いささか軽躁状態でペンを滑らせたらしい『猫』では、（又始ツタ）滑稽趣味、滑稽思想を十二分に働かせている。

虚子自身が、小説全体の真中あたりに登場する。

東風君、寒月君、迷亭、この家の主人の四人の話題が「俳劇」のこととなる。俳劇とは寒月君によると「俳句趣味の劇」である。

「根が俳句趣味からくるのだから、余《あま》り長たらしくつて、毒悪なのはよくないと思つて一幕物にして置いた」と、寒月君は講釈する。道具立ては「舞台の真中へ大きな柳を一本植ゑ付けてね。夫《それ》から其《その》柳の幹から一本の枝を右のほうへヌツと出させて、其枝へ烏を一羽とまらせる」。「其下へ行《ぎょう》水盥《ずいたらい》を出しましてね。美人が横向きになつて手拭を使つて居るんです」。「そいつは少しデカダンだね。第一誰が其女になるんだい」と迷亭が口をはさむ。

ところへ花道から俳人高浜虚子がステッキを持ち、白い燈心入りの帽子をかぶつて、透綾《すきや》の羽織《はおり》に、薩摩飛白《さつまがすり》の尻端折《しりつぱしよ》りの半靴《はんぐつ》というこしらえで出て来る。こんなくだりがあることは、わたし自身すっかり忘却していた。「着付けは陸軍の御用達《ごようたし》見た様《よう》だけれども俳人だから可成《なるべく》悠々として腹の中では句案に余念のない体《てい》であるかなくつちやいけない」。虚子先生は一羽の烏と行水の女を見て、大いに俳味に感動した、という思い入れが五十秒ばかりあって、「行水の女に惚れる烏かな」と、大きな声で一句朗吟するのを合図に、拍子木を入れて幕を引く。

寒月の説明に対して、先生は「虚子に聞かしたら驚くに違ひない」と弁ずる。

『吾輩は猫である』は明治三十七年（一九〇四）の十二月に第一回を書き、山会で朗読され好評を博したと先に言ったが、同じ年の七月、虚子庵において、漱石、虚子は二人で俳体詩をつくっている。

無人島の天子とならば涼しかろ　漱石
独り裸で据風呂《すえふろ》を焚く　漱石
いづくより流れよりけんうつろ船　虚子
大きすぎたる靴の片足　漱石
提灯のやうな鬼灯《ほおづき》谷に生え　虚子
河童の岡へ上る夕暮　漱石

これを見ても漱石の句には終始滑稽味があるが、虚子の句はそれほどでもない（ただし五句目の、虚子の句は、のちの珍しい句、まるで前衛俳句のような「爛々と昼の星見え菌《きのこ》生え」を思わせて興味深い）。同じ年の十月に「ホトトギス」に載った漱石、虚子による四句も、「ばつさりと後架の上の一葉かな」という漱石の発句に較べて、虚子の二句はあくまで真面目というか穏当な句である。同じ年の十一月、十二月のやはりこの二人による長い連句「尼」を見ても同様なことが言える。

「漱石氏と私」を読むと、虚子は別としても四方太（坂本四方太《しほうだ》）などは、漱石の文芸にはっきりと不服だったようだ。四方太は「（「ホトトギス」を）純正の写生文雑誌として世間の人気などに頓着なく押し進めたいという希望を持つてゐた」わけである。漱石の明治三十九年（一九〇六）十一月の虚子宛の手紙を見ると、「生田長江《いくたちょうこう》という人が四方太さんの所へ行つたら先生大気燄《たいきえん》で漱石も一夜をかいているうちはよかつたが近頃段々堕落すると云《いつ》たさうだ」とあり、「あれが駄洒落なら大抵のものは駄洒落だ……四方太がきいたら定めし怒る事だろう」としている。

大分前のことになるが、『虞美人草』を読み返して、この一九〇七年に新聞連載の漱石の有名な小説に、二十世紀という語がさかんに出て来るのに興味を持った。一九〇七年は西洋の美術の方で言えば、ピカソが〈青の時代〉、〈バラ色の時代〉をくぐり抜けて、さらに立体派《キュビスム》へと変貌しようとしている時期だった。ところが『虞美人草』よりも前の作である『吾輩は猫である』に、すでに二十世紀という言葉はいくつも出て来ていた。

金田の妻《さい》の通称「鼻子」について、主人公の苦沙弥《くしゃみ》先生は「不満な口気《こうき》」で、「第一気に喰《く》はん顔だ」と言うと、迷亭はすぐ引きうけて「鼻が顔の中央に陣取つて乙《おつ》に構へて居るなあ」とあとをつける。主人公はなおもくやしそうに、「夫を尅《こく》する顔だ」とやる。下《げ》尅上《こくじょう》の尅《こく》するだ。迷亭は「十九世紀で売れ残つて、二十世紀で店曝《たなざら》しに逢《あ》ふと云ふ相《そう》だ」とつけ加える。

『吾輩は猫である』のちょうど真中あたりのところでスポーツの話になる。「吾輩は近頃運動を始めた。猫の癖《くせ》に運動なんて利《き》いた風だと一概に冷罵《れいば》し去る手合《てあい》に一寸申し聞《き》けるが、さう云ふ人間だつてつい近年迄は運動の何物たるを解せずに、食つて寐るのを天職の様《よう》に心得て居たではないか」。そのしばらくあとに、「どうも二十世紀の今日運動せんのは如何《いか》にも貧民の様で人聞きがわるい」というくだりが出て来る。二十世紀人はまずスポーツをしなければならず、それというのも「昔は運動したものが折助《おりすけ》と笑はれた如く、今では運動をせぬ者が下等と見做《みな》されて居る」からだ。折助《おりすけ》というのは聞き馴れぬ言葉だが、武家で使われた小者のことを指して言う。

この二十世紀のごく初期の小説に、早くも「女迄《まで》がラケツトを持つて往来をあるき廻つたつて一向《いつこう》不思議はない」などとあるのには、ちょっとびっくりさせられる。

多忙ということにしても同じで、多忙は何もここ何十年かの専売特許ではなく、「閑人《ひまじん》がよると障《さ》はると多忙だ多忙だと触れ廻るのみならず、其顔色が如何にも多忙らしい、わるくすると多忙に食ひ殺されはしまいかと思はれる程こせついて居る」とちゃんと出て来る。「いそがしき」といえば『伊勢物語』の頃も、「宮仕《みやづか》へいそがしく」などと忙しがっている人はいはしたが。

「吾輩は主人の顔を見るたびに考へる。まあ何の因果でこんな妙な顔をして臆面《おくめん》なく二十世紀の空気を呼吸して居るのだらう」。苦沙弥《くしやみ》先生はあばた面《づら》である。「御維新前《ごいつしんまえ》はあばたも大分流行つたものださうだが日英同盟の今日から見ると、斯《こ》んな顔は聊《いささ》か時候後れの感がある」などと、二十世紀のかわりに一九〇二年締結の日英同盟が持ち出されたりもする。

運動と言えばベースボールが出て来る。臥龍窟主人《がりようくつしゆじん》の苦沙弥《くしやみ》先生と、落雲館裏の健児の戦争が実に長々と描かれるが、そのうち「臥龍窟《がりようくつ》に面して一人の将官が擂粉木《すりこぎ》の大きな奴を持つて控へる。之《これ》と相対して五六間《けん》の間隔をとつて又一人立つ、擂粉木《すりこぎ》のあとに又一人、是は臥龍窟に顔をむけて突つ立つて居る」

以下引用する最後のほうは妙な欧文脈だが面白い。

「吾輩はベースボールの何物たるを解せぬ文盲漢《もんもうかん》である。然し聞く所によれば是は米国から輸入された遊戯で、今日中学程度以上の学校に行はる、運動のうちで尤《もつと》も流行するものださうだ。米国は突飛な事許《ばか》り考へ出す国柄であるから、砲隊と間違へても然るべき、近所迷惑の遊戯を日本人に教ふべく丈其丈《それだけ》親切であつたかも知れない」。また次のようなくだりもある。「物は云ひ様《よう》でどうでもなるものだ。慈善の名を借りて詐偽《さぎ》を働き、インスピレーションと号して逆上をうれしがる者がある以上はベースボールなる遊戯の下に戦争をなさんとも限らない」

インスピレーションと逆上！

『吾輩は猫である』の中ほどより少しあとに、この逆上をめぐっての大議論が出て来て、「事件は大《たい》概《がい》逆上から出るものだ。逆上とは読んで字の如く逆《さ》かさに上るのである」。「職業によると逆上は余程《よほど》大切なもので、逆上せんと何にも出来ない事がある」となる。

「其うちで尤《もつと》も逆上を重んずるのは詩人である。詩人に逆上が必要なる事は汽船に石炭が欠ぐ可《べ》からざる様なもので、此供給が一日でも途切れると彼れ等は手を拱《こまぬ》いて飯を食ふより外に何等の能もない凡人になつて仕舞《しま》ふ」。これは今も昔も真実であるか？「尤《もつと》も逆上は気違の異名で、気違にならないと家業が立ち行かんとあつては世間体がわるいから、彼等の仲間では逆上を呼ぶに逆上の名を以てしない。申し合せてインスピレーシヨン、インスピレーシヨンと左《さ》も勿体《もつたい》さうに称《とな》へて居る」。「鴨南蛮《かもなんばん》の材料が烏である如く、下宿屋の牛鍋《ぎゅうなべ》が馬肉である如くインスピレーシヨンも実は逆上である」

このあたりを漱石はいかにも嬉しくてならないかのように書いている。

『吾輩は猫である』を読んでいると、コンピューターこそなかったものの、二十世紀の初めには、今あるようなものは何もかも一応揃っていたと思わせられる。ただ戦争観は、日露戦争の勝ちいくさのせいで、今日とは比較にならずノンキであった。「せんだつてじゆうから日本《にほん》はロシアと大戦争をして居るさうだ。吾輩は日本の猫だから無論日本びいきである。できうべくんば混成猫旅団《こんせいねこりよだん》を組織してロシア兵を引つかいてやりたいと思ふくらゐである」

今日の文学者が戦争についてこんな冗談をいったら呆《あき》れられるだろう。

『吾輩は猫である』は日露戦争の戦中文学であった。ただ戦争に関しては、きわめてノンキな調子で平然としていた。

子規が根岸の自宅で没したのは明治三十五年(一九〇二)九月のことである。

子規の名は『吾輩は』の最後近くになって次のように出て来る。

「先生けふはだいぶ俳句ができますね」と、東風君が言うのに対して、主人は、「けふに限つた事じやない。いつでも腹の中でできてるのさ。僕の俳句における造詣と言つたら、故子規子《こしきし》も舌を巻いて驚いたくらゐのものさ」

それに対して東風君は、「真率《しんそつ》な質問」をかける。「先生、子規さんとはおつき合ひでしたか」「なにつき合はなくつても始終無線電信で肝胆相照らしていたもんだ」と、先生は「むちやくちやを言ふ」ので、東風君は呆れて黙ってしまう。

『吾輩は』の上篇が出版された翌月、明治三十八年（一九〇五）十一月に、俳書堂の籾山仁三郎から子規の像を贈られての漱石の句がある。

　　初時雨故人の像を拜しけり
　　うそ寒み故人の像を拜しけり

この際わたしは、子規の『墨汁一滴』と『病牀六尺』を、これまた珍しく読んでみた。わたしが子規を読むなどということは実に珍しいことなのだ。ここのところは長年月、バルザックばかりを読んでいるので、漱石も子規も、みなたいそう珍しいもののように見える。

バルザックと言ったが『吾輩は』には、バルザックの名も、バルザックの敵だった批評家サント＝ブーヴの名まで出て来るので、『吾輩は』を飾る人名は、決してアンドレア・デル・サルトやカーライルだけではない。

ところでわたしはここで子規のこの二冊について、あらたまって論じようというのではない。漱石の名の出て来るところを探してみたのである。

『墨汁一滴』は明治三十四年（一九〇一）の一月十六日から七月二日まで、当時の新聞「日本」に連載されたもので、子規の病状はすでに非常に重かった。

この『墨汁一滴』の一月十六日、つまり初回に、思いがけず二十世紀という言葉が出て来る。子規は日本の将来、それも二十世紀末のことまで心配していた。六月十三日には、二十世紀という表現こそないものの次のようなことを書いている。

日本は島国だけに何もかも小さく出来て居る代りにいはゆる小味などいふうまみがある。詩文でも小品短篇が発達して居て絵画でも疎画略筆《そがりやくひつ》が発達して居る。しかし今日のやうな世界一家といふ有様では不経済な事ばかりして居ては生存競争で負けてしまふから牛でも馬でもいちごでも桜んぼでも何でも彼でも輸入して来て、小い者を大きくし、不経済的な者を経済的にするのは大賛成であるが、それがために日本固有のうまみを全滅する事のないやうにしたいものだ。

また、もし人種改良ができれば、やがて日本人は西洋人に負けぬ大きな体格となり、一人で今の三人前も働く経済的人種になるだろうが、その時「日本人固有の稟性《ひんせい》のうまみ」が残っているか、どうも覚束《おぼつか》ないともあり、これなどまさに只今現在の日本人にぴったり当てはまっていはしないか。これより三、四年前、漱石はわたしの大好きな「菫程な小さき人に生れたし」の句をつくっているが、子規はやがてその反対の日本人が増えるだろうと予測し、それはピタリと当たった。今時の日本人に「菫程な小さき人」の気持ちが通じるだろうか、多分何も通じまい。

子規の『墨汁一滴』にも漱石のことが何ヵ所か出て来る。漱石はむろんこの時、ロンドンにいた。一月三十日、一本の扇子で自在に人を笑わせる落語家は、実は意外に厳格窮屈らしいということから、病床の子規は漱石を思い出す。「我俳句仲間において俳句に滑稽趣味を発揮して成功したる者は漱石《そうせき》なり。漱石最もまじめの性質にて学校にありて生徒を率ゐるにも厳格を主として不規律に流るゝを許さず。紫影《しえい》の文章俳句常に滑稽趣味を離れず。この人また甚《はなは》だまじめの方にて、大口をあけて笑ふ事すら余り見うけたる事なし。これを思ふに真の滑稽は真面目なる人にして始めて為《な》し能《あた》う者にやあるべき」

さすがによく友人を知るの言であろう。

『吾輩は猫である』も、場合によってはノンキとばかりは言っていられない気味合いのところもある。三分の二以上進んだところの、「自分もまた気違いに縁の近い者であるだらう」「ことによるともうすでに立派な患者になつて居るのではないかしらん」「ことによると社会はみんな気違いの寄り合ひかもしれない」といった文句は、早くも『行人』の一郎を連想させずにはいない。やはり処女作のうちには一切の萌芽があるらしい。

ともあれ二十世紀のいよいよ初め、子規は一九〇二年の九月に早逝し、翌三年一月、漱石はやっとのことでロンドンから帰国した。それから四年ほど経った明治四十年（一九〇七）四月に、漱石は「京に着ける夕」を書き、そこで子規に触れている。触れているというよりこれはまるで子規の亡霊にとりつかれているような文章である。漱石は狩野亨吉と菅虎雄に迎えられ、春寒の京都駅から人力車で北へ北へと行く。

そこで思い出す。「はじめて京都に来たのは十五、六年の昔である。その時は正岡子規といつしよであつた。麩屋町《ふやまち》の柊屋《ひいらぎや》とかいふ家へ着いて、子規とともに京都の夜《よる》を見物に出たとき、はじめて余の目に映つたのは、この赤いぜんざいの大提灯である。……ぜんざいは京都で、京都はぜんざいであると余が当時に受けた第一印象でまた最後の印象である。子規は死んだ。……あの赤い下品な肉太な字を見ると、京都を稲妻の迅《すみ》やかなる閃《ひらめ》きのうちに思ひ出す。同時に――ああ子規は死んでしまつた。糸瓜《へちま》のごとく干枯《ひから》びて死んでしまつた。――提灯はいまだに暗い軒下にぶらぶらしてゐる。余は寒い首を縮めて京都を南から北へ抜ける」

この時、子規がどこからか夏蜜柑《なつみかん》を買ってきたことも出てくる。

春寒の社頭に鶴《つる》を夢みけり　　漱石

「京に着ける夕」は、漱石が子規の亡霊といっしょに春寒の京を行く異様な文章である。「子規の骨が腐れつつある今日に至つて、よもや漱石が教師をやめて新聞屋にならうとは思はなかつたらう」新聞屋というのは、漱石が朝日新聞の社員の身分となったことを指す。この時の京の句を『漱石全集』に探すと、「春寒の」は「春寒く」となって出ている。

なおこの時の京都の漱石については、虚子の「京都で会つた漱石氏」（全集十三巻）に詳しく、そこには時として奇矯な、昂奮する漱石の姿も出て来て驚かされる。ロンドンでの狂気はよく論じられるが、この京都での躁鬱の、狂せる漱石は異常である。

柴田宵曲『正岡子規』には、昔、漱石、子規が京に遊んだ時の子規の句として、「どこを見ても涼し神の灯仏の灯」を推定している。

翌年、漱石は「文鳥」「夢十夜」に辿り着き、作風は変った。そのあとに『三四郎』が書かれ、この小説は『坊っちゃん』に通じるところを持っているが、ともかくもこのあたりから変った。滑稽趣味とははや無縁になった「文鳥」に、次のようなくだりがある。

文鳥はつと嘴を餌壺の真中《まんなか》に落した。さうして二、三度左右に振つた。奇麗に平《なら》して入れてあつた粟がはらはらと籠の底に零《こぼ》れた。文鳥は嘴を上げた。咽喉《のど》のところで微《かす》かな音がする。また嘴を粟の真中に落とす。また微かな音がする。その音が面白《おもしろ》い。静かに聴《き》いてゐると、まるくて細やかで、しかも非常に速《すみ》やかである。菫ほどな小さな人が、黄金《こがね》の槌《つち》で瑪瑙《めのう》の碁石でもつづけざまに敲《たた》いてゐるやうな気がする。

漱石はこんなところから二十世紀を始めていた。日本の文学の二十世紀初めはこんなところにあった。これらは今日の詩や俳句や小説よりもよほど幼稚だろうか？　いちがいにそうとばかりは言えないものを覚える。漱石における子規の影響は大きいが、やがて漱石は「文鳥」に見られるように滑稽思想、滑稽趣味から脱して行く。脱せざるを得なかったのかも知れない。ロンドンから帰って来た漱石は子規なしの漱石となるほかはなかった。漱石は憂鬱の人、漱石になって行く。そうして苦悩のうちにだんだん大きな文学者になって来る。

『漱石全集』を見ると、明治二十三年（一八九〇）頃から、漱石は尨大な数の俳句を子規に送り続けている。「正岡子規へ送りたる句稿」の何と多いこと。この頃の漱石の句の闊達な楽しい句は、もはや子規没後の句には求むべくもない

なある程是は大きな涅槃像
春の夜を兼好緇衣《しえ》に恨みあり
暖に乗じ一挙　蝨《しらみ》をみなごろしにす
痁《せん》は御大事餘寒烈しく候へば
前垂の赤きに包む土筆かな
水に映る藤紫に鯉緋なり

子規没後の明治三十六年（一九〇三）からは、句作は著しく減り、かつての滑稽と闊達さも失われる。「僕は一面において俳諧的文学に出入すると同時に一面において死ぬか生きるか、命のやりとりをするやうな維新の志士のごとき烈《はげ》しい精神で文学をやつてみたい」と、鈴木三重吉宛に書いたのは、明治三十九年（一九〇六）のことである。ここらで漱石のベル・エポック、「よき時代」は早くも終ったのである。

鷗外と漱石

漱石にとっての二十世紀初めを少し見たからには、鷗外は同時代にどうだったかを知りたくなってくる。

鷗外は五歳ほど年下の漱石を、いくらか意識していたようである。

『ヰタ・セクスアリス』が「スバル」に発表され、同誌が発禁になったのは、漱石が新聞に代表作の一つ『それから』を連載した一九〇九年（明治四十二）のことであるが、最初のほうに次のようにある。「金井君も何か書いてみたいといふ考はをりをり起る。哲学は職業ではあるが、自己の哲学を建設しやうなどとは思はないから、哲学を書く気はない。それよりは小説か脚本かを書いて見たいと思ふ。しかし例の芸術品に対する要求が高い為めに、容易に取り附けないのである」

そのあとにこうある。「そのうちに夏目漱石君が小説を書き出した。金井君は非常な興味を以て読んだ。そして技癢《ぎやう》を感じた。さうすると夏目君の『我輩は猫である』に対して、『我輩も猫である』といふやうなものが出る。『我輩は犬である』といふやうなものが出る。金井君はそれを見て、つひつひ嫌《いや》になつてなんにも書かずにしまつた」

ここに出てくる「技癢《ぎやう》を感じた」というひとことは有名になった。他人のすることを見て腕がムズムズすることである。

『ヰタ・セクスアリス』の翌年に鷗外の書いた小説『青年』は、昔は退屈で何やら気取った作品として何とも興味が湧かなかったのに、今回は意外にその風俗描写までを面白く読んだ。『青年』は漱石の『三四郎』に刺激されて思い立った作らしい。『青年』には漱石が平田拊石《ふせき》の名で登場する。

Y県（鷗外は津和野だから山口県だろう）から上京した文学学生小泉純一――二十世紀初めの青年、いくらか特別の青年ではあるが、やはり二十世紀初頭の真面目な、いや少し真面目すぎる青年である――は、ある日、瀬戸という友人に誘われて青年倶楽部《クラブ》のような場所へ行く。「極真面目《ごくまじめ》な会《くわい》で、名《めい》家《か》を頼《たの》んで話《はなし》をして貰《もら》ふ事になつて居《ゐ》る。今日《きやう》は拊石《ふせき》が来る」というのである。「拊石《ふせき》といふ人《ひと》は流《りゆう》行《かう》に遅《おく》れたやうではあるが、とにかく小説《しようせつ》家中《かぢゆう》で一番学問《いちばんがくもん》があるさうだ」

やがて拊石、つまり漱石が会場にやって来る。「少《すこ》し古《ふる》びた黒《くろ》の羅紗服《らしやふく》を着《き》てゐる。背丈《せたけ》は中位《ちゆうぐらゐ》である。顔《かお》の色《いろ》は蒼《あを》いが、アイロニイを帯《お》びた快活《くわいくわつ》な表情《へうじやう》である。世間《せけん》では鷗村《おうそん》（鷗外がモデルらしい）と同《おな》じやうに、継子根性《まゝここんじやう》のねぢくれた人物《じんぶつ》だと云《い》つてゐるが、どうもさうは見えない。少《すこ》し赤《あか》み掛《が》かつた、たつぷりある八字髭《はちじひげ》が、油気《あぶらけ》なしに上向《うへむき》に捩《ね》じ上《あ》げてある」

さて拊石はイプセンの話をする。

そこでの拊石の話でなるほどと思われるのは次のくだりである。

「イプセンは初《はじ》め諸威《ノオルウエイ》の小《ちひ》さいイプセンであつて、それが社会劇《しやくわいげき》に手《て》を着《つ》けてから、大《おほ》きな欧羅巴《ヨオロツパ》のイプセンになつたといふが、それが日本《にほん》に伝《つた》はつて来《き》て、又《また》ずつと小《ちひ》さいイプセンになりました。なんでも日本《にほん》へ持《も》つて来《く》ると小《ちひ》さくなる。ニイチエも小《ちひ》さくなる。トルストイも小《ちひ》さくなる。……日本人《にほんじん》は色々《いろく》な主義《しゆぎ》、色々《いろく》なイスムを輸入《ゆにふ》して来《き》て、それを弄《もてあそ》んで目《め》をしばだたいてゐる。何《なに》もかも日本人《にほんじん》の手《て》に入《い》つては小《ちひ》さいおもちやになるのであるから、元《もと》が恐《おそ》ろしい物《もの》であつたからと云《い》つて、剛《こは》がるには当《あた》らない」

これは子規が、二十世紀の世紀末には、何でもやがて大きくなって、日本の小さなよきものが失われはしないかと心配していたのと反対のことを言おうとしているようで、実は同じことを慨嘆しているのである。

ところで二十世紀のいよいよ初めの鷗外はどうしていたか。

鷗外は二十世紀になる前々年、一八九九年には陸軍軍医監となり、第十二師団軍医部長に補せられて九州の小倉に赴任している。左遷ということらしい。翌年も小倉にいて、翌一九〇二年、荒木という判事の娘、志げと再婚、三月、今度は第一師団軍医部長として東京に戻って来ている。

有名な短篇、「鶏」（遅れて一九〇九年になっての作）などによって、この小倉時代の、独身の軍人としての鷗外の姿を想像することができる。鷗外の小説でもこの「鶏」などはかなり滑稽なものである。しかし鷗外の場合は漱石の場合のように俳句的に滑稽なのではない。鷗外は俳句俳諧には強い興味は持たなかった。鷗外は詩と和歌で、日露戦争の戦後に催したのは観潮楼歌会である。

この小説『鶏』はこれまで何度も読んでいるが、ごく最初のほうの、

雨がどつどと降つてゐる。

というところが、わたしは昔から、なぜか、たいそう好きである。そのあたりを書き写してみることにする。

石田小介が少佐参謀になつて小倉に着任したのは六月二十四日であつた。

徳山と門司との間を交通してゐる蒸気船から上がつたのが午前三時である。地方の軍隊は送迎がなかなか手厚いことを知つてゐたから、石田は其頃の通常礼装といふのをして、勲章を佩《お》びてゐた。故参の大尉参謀が同僚を代表して桟橋まで来ていた。

雨がどつどと降つてゐる。これから小倉までは汽車で一時間は掛からない。川卯《かわう》といふ家で飯を焚《た》かせて食ふ。

ここのところの「飯を焚《た》かせて食ふ」というのは、今なら「飯を炊いてもらって食べる」くらいになるだろう。しかし昭和二十年、すでに十五歳だった、戦前戦中人間の最後の年代であるわたしは、「飯を焚《た》かせて」という、ものの言いようがあながち嫌いではない。

二十世紀にあとしばらくという一八九九年（明治三十二）の六月十六日に鷗外は東京を発ち、十九日に小倉に着いたというのが事実のようである。この短篇小説が書かれたのは（少なくとも発表された

のは）一九〇九年のことであり、小倉での事実と遅い執筆の間に確としてあったのが、他ならぬ日露戦争だった。

二十世紀の初めの鷗外が、漱石やその他の小説家、俳人、詩人と大きくちがうのは、日露戦争というものが、この人に重く大きくかかわっていたことにほかならない。

一九〇四年（明治三十七）二月、日露戦争が勃発し、鷗外は第二軍軍医部長となり、四月、宇品《うじな》を出航して中国に渡った。陣中でさまざまなスタイルでつくった詩が『うた日記』である。一九〇六年一月、東京に帰還するが、この時のことは、たとえば小堀杏奴の『晩年の父』に出てくる。また陣中の鷗外については、田山花袋の『東京の三十年』にも出てくる。

中村真一郎説、明治の作家の日本語との苦闘

芥川龍之介につよくひかれ、同時に其角を元禄のシュルレアリストとして珍重する中村真一郎に、『小説とは本当は何か』という、少し奇妙な題名の一七〇ページほどの本がある。今から五十年前の戦後すぐの頃、野間宏の小説『暗い絵』などとともに、中村真一郎の『死の影の下に』を読んだものであった。この『小説とは本当は何か』が河合文化教育研究所というところから発行されたのは九二年の初秋のことで、わたしは検査と胆嚢切除のため一ヵ月、東京の新宿区の、ある大きな病院に入院して手術することになり、その時、病室で読んだのであった。

この中村真一郎の本は、出版の前年に、京都で四日間にわたって講演した内容に加筆したものだが、芥川はそこに次のように出てくる。

これは、あなたがたがいま考えると何でもないと思うんでしょうが、夏目漱石も森鷗外も小説を書き始めようと思ったときにはたいへんでした。第一彼らがつかう小説の文章がなかったんです

ね。つまり口語文というものがなかったから、口語文を作ることから始めなければならない。だから夏目漱石の全集をみるとわかりますが、彼は小説のメモをとるのに英語でとってるか文語体でとってるかなんですね。いきなり口語体では書けない。これは夏目漱石のお弟子の大正時代の芥川龍之介でも言ってますね。文語体ならいくらでも文章書けるけど口語体で文章書くのはすごい大変だって言ってるんですね。

芥川でさえそうなのかと、不思議な思いがする。また中村は、鷗外の時代には、第一、抽象的な言葉が日本語としては一つもなく、しかし鷗外は小説のなかで抽象的な言葉を、まるでヨーロッパの言葉のように主語にした文章を書いていると語っている。

これはじつに革命的で、「運命がふたたび人間に戯れるのは面白い」っていう文章を書くわけで、それまでの日本人はそんな抽象名詞を主語にした文章なんてのは考えてもいなかったわけでしょう。それはものすごくハイカラで面白かったし、ハイカラだけじゃなくて、新しい観念ですよ。運命という抽象的なものが人間に戯れるっていうような新しい考えかたを彼は日本にもちこんだわけでしょう。

また芥川の名は、谷崎や佐藤春夫の名とともに、次のように出てくる。

大正になると谷崎潤一郎とか芥川龍之介とか佐藤春夫とかいろんな人が、こなれた日本語を充分に書けるようになる。大正になってくると日本語もひじょうによくなって、だれでも立派な日本語を書けるようになってきますけど、明治自然主義の初めの頃の人のものは今読むと、田山花袋なんかでもじつにぎこちない幼稚な口語文で、よくまああれでやったと。先人の苦労がわかるわけです。そういう、言葉をつくるというところから小説をやらなきゃならないんで、われわれの日本の先輩の小説家は、たかが一世紀かそこらの間に、ヨーロッパの一番この前衛的なところまで追いつくためにものすごくおおぜいの人が努力をし、大部分はむだな仕事になってしまった。

漱石の最後の未完の大作『明暗』については、谷崎の『明暗』批判を紹介しながら、やがていくらか詳しく触れることになるが、小説『四季』四部作の長篇作家中村真一郎は、漱石の「極度に内面的なロマン」(長篇小説)をめぐっては次のように語るのである。

西洋で言うロマン、長篇小説らしいものが本当に成功したのは夏目漱石なんですが、夏目漱石のは極度に内面的に心理的で、あれはまあヘンリー・ジェームズにどうも凝って、ヘンリー・ジェームズ的に、純粋内面的で、社会性ってものがないものを書いたわけです。……(中略)……夏目漱石もあのものすごい細かい心理小説を書くために、日本語を、それまでは彼は江戸っ子で江戸の下町の言葉しか知らなかったのを、ウイリアム・ジェームズを勉強して、心理学の言葉をひじょうに無理をして日本語にあてはめて、とにかくああいう小説を書く。そういうところから始めてですね、昭和の初めまで、とにかく百年たたないうちに日本では、その自然主義の時期を通過して、そうしてプルーストやジョイスのところまで到着するんです。

日本の二十世紀初頭の小説家たちは、突然やってきた西欧近代に直面するための日本語、言葉を求めて苦闘していたわけである。芥川龍之介は大震災からわずか後の一九二七年（昭和二）に自殺したのであるが、その芥川のあたりから、鷗外や漱石から芥川までの多くの作家の苦闘が稔りをもたらして、ようやくこなれた現在のような日本語が、書かれ、話されるようになったのであった。

明治二十年代の俳句を読む

ベルリンとかパリとかヨーロッパの大都市は、二十一世紀に入ろうとして、すでに十年、二十年前から十九世紀の都市や建築を大きく見直しているらしい。十九世紀の遺産、たとえば、破壊された頂部を持つベルリンの国会議事堂を近代化しつつ、古い部分を生かして行くといった手法だ。

詩や文学の話にひきつければ、この国の十九世紀の前半は、上田秋成の『雨月物語』と鶴屋南北の流行に始まり、早くも仙台藩の依頼により志筑忠雄は、大槻平泉らとオランダ詩の翻訳『三国祝章』を著わしていた。漢詩の分野では頼山陽や大田南畝の時代である。

十九世紀の後半はすでに幕末と呼ばれる時代で橘曙覧とか平賀元義といった歌人、さらに梁川星巌や廣瀬旭荘らの漢詩人、そして河竹黙阿弥が目立つぐらいだが、一八六二年には鷗外が生まれ、王政復古の一八六七年には子規、漱石、紅葉、露伴が偶然のことながら揃って生を享け、明治の文化は神戸版『讃美歌集』の出版と成島柳北の「花月新誌」（漢詩、和歌、発句を掲載する）の創刊に始まった。

俳句に眼を向けるなら、一八八三年が重要な年で、碧梧桐が初めて松山で虚子を知り、子規は東京へ出立した。子規が根岸庵で新年俳句大会を開催したのは十九世紀もいよいよ末の一八九三年で、虚子が東京で「ホトトギス」の編集を始めたのは一八九八年だった。

わたしは十年も前から、もしも暇を得たら筑摩書房の「明治文学全集」の一巻、『明治俳人集』を読もうと思っていた。そして今年の三月に長年勤めた大学を退職すると、さっそく『明治俳人集』を机上のすでに置かれた何冊かの本の上に積み重ねた。しかしなかなか読めるものではない。今度エッセイをと依頼されてようやく少しずつ眼を通し始めた。

巻頭には『俳句二葉集』が出ていて、その次に『春夏秋冬』、『続春夏秋冬』というふうに続いている。

巻末には山本健吉が解題を書いている。山本健吉をよく知る人が、ある時わたしに向かって、「山本先生がいつか、やがて飯島は俳句の世界に近づいて来るよと言っておられた」と話してくれたものだった。わたしは三十年前までは俳句の季節感にさえ反撥するような詩論（たとえば詩から再び俳句俳諧に戻ろうとする安東次男をめぐって、今は亡き博識の批評家、篠田一士と交わした論争など）を書いていたが、それは河出書房の「文藝」（今のとは異なって硬派の文芸誌）の誌上でのことだったので、安東をよく識る山本さんはそれらを読まれたのかもしれなかった。

閑話休題。山本健吉によれば『俳句二葉集』は、明治二十七年（一八九四年だからまだ十九世紀である）五月、新聞「小日本」の附録として刊行されたものだった。詳しくは当解題を読まれたいが、子規が編輯主任となり、読者から俳句を募集し、それに子規と子規周辺の諸家の句を加えた、子規派最初の選集の刊行である。
「春の部」でその名を知っている俳人を拾うと、子規、虚子、碧梧桐（女月の名でも）、鳴雪、瓢亭、霽月《せいげつ》、鼠骨《そこつ》、といったところであるが、山本健吉の手引きによって、わたしは未知の二俳人、非風《ひふう》と古白《こはく》の存在を初めて知った。子規は「古白の句によって自分たちは夢の醒めたようにやっと俳句の精神を窺うことができたのだ」と言ったという。古白は早稲田大学の前身、東京専門学校に入学して小説や戯曲も書いたが、病的な翳りがあり、明治二十八年にはピストル自殺を遂げるに至る。日の目を見なかったが、非風筆の『案山子集』（明治二十三年）というアンソロジーがあり、そこでの古白の句のほうが、『俳句二葉集』の句よりいい。

麥を出て海の上なり揚雲雀　古白
傀儡師日くれてかへる羅生門　古白
今朝見れば淋しかりし夜の間の一葉かな　古白
のどけさや五器に飯ある乞食小屋　古白

非風も性格の激しい若者で、子規を悩ませたようである。自負の念は強かったが、子規が『案山子集』を批判したために仲間を離れ、この俳人の最後も「悲惨」と山本健吉は書いている。どのように「悲惨」だったのか、そこを知りたい気がして来る。子規は古白の死んだあと、次の二句を詠んでいる。「春の夜のそこ行くは誰《た》そ行くは誰そ」。あと一句は「春や昔古白といへる男あり」。

『案山子集』の句は――

櫻より濃き海棠の夜明哉　　非風
釣鐘に梅の影這ふ月夜かな　　非風
夏やせや團扇の骨の恐ろしき　　非風

『俳句二葉集』の二人の句は右のような鋭さをはや持っていない。

村上霽月については、ついこの間まで明治大学で同僚だった若い池澤一郎が論文を書いていて、今の三十代でもこの時代の俳人（子規、虚子ではなく）に関心を抱いている人のいるのを知った。明治中頃までの句をなおも知りたいと思っている。

〔俳誌「河」五〇〇号記念号・二〇〇〇年〕

『草枕』とはどういう小説か

『草枕』を読んでみよう。

『草枕』は『吾輩は猫である』に続く、一九〇六年の小説である。鷗外から漱石に戻ると、すぐに俳句的雰囲気が戻って来るのは妙なほどだ。漱石は自分で、この小説を「俳句的小説」と銘打って、「在来の小説は川柳《せんりゅう》的である。……が、このほかに美を生命とする俳句的小説もあつてよいと思ふ」と言っている。

やがて漱石は『それから』『門』など、まさに「塵界《じんかい》」の只中《ただなか》ともいうべき小説に入って行くわけだが、ここでは「しばらくでも塵界《じんかい》を離れた心持ちになれる詩」としての小説を求めているのである。『草枕』というこれまた二十世紀のいよいよ最初の小説の書き出しは有名になった。

「智に働けば角《かど》が立つ。情に棹させば流される」云々というのである。

ところで次にこう続いているのを記憶している人は、果して何人いるだろうか。

住みにくさが高じると、安い所へ引き越したくなる。どこへ越しても住みにくいと悟つた時、詩が生れて、画が出来る。

主人公の三十歳の青年は画工だが、詩を探している。

苦しんだり、怒つたり、騒いだり、泣いたりは人の世につきものだ。余も三十年の間それを仕通して、飽々した。飽き々した上に芝居や小説で同じ刺激を繰り返しては大変だ。余が欲する詩はそんな世間的の人情を鼓舞する様《よう》なものではない。俗念を放棄して、しばらくでも塵界を離れた心持ちになれる詩である。

ところが「西洋の詩になると、人事が根本になるから所謂《いわゆる》詩歌の純粋なるものも此境《きょう》を解脱する事を知らぬ。どこ迄《まで》も同情だとか、愛だとか、正義だとか、自由だとか、浮世の勧工場《かんこうば》にあるものだけで用を弁じて居る」

しかし漱石の主張したいのは、「二十世紀に睡眠が必要ならば、二十世紀に此出世間的の詩味は大切である」ということで、陶淵明の「採菊東籬下《きくをとるとうりのもと》、悠然見南山《ゆうぜんとしてなんざんをみる》」を引用する。この詩は四世紀から五世紀にかけての古代中国の悠然である。漱石は「超然と出世間的《しゅつせけんてき》に利害損得の汗を流し去つた心持ちになれる」と言う。いかにも二十世紀らしい「汽船、汽車、権利、義務、道徳、礼儀で疲れ果てた後、凡《すべ》てを忘却してぐつすりと寝込む様な功徳」を詩と認めた。ただし漱石の心にほぼ同時に、その逆の命がけの文学への志が生まれるのである。

戦後の代表的詩人だった鮎川信夫は、一生、「悠然見南山」にはそっぽを向いて詩的生涯を終った。あくまで戦中に戦場で死んだ友人のコツコツという足音とともに生き、現代を荒地と見る眼をつらぬいた。鮎川と同年代の三好豊一郎は、ある時期から「採菊東籬下」の方角を小手をかざして見やるようになっていた。とともに草花を繊細な筆で色も美しく描くようになる。彼らより十年あまり下の年代のわたしは、意外に『草枕』も面白いと思って読んでいる。

画工の主人公はこれから旅行をするのだが、言うならば詩的な旅をしたい。人情から離れて非人情の画中の美として人間をも見ようとするのである。「芭蕉と云ふ男は枕元へ馬が尿《いばり》するのをさへ雅《が》な事と見立て、発句《はつく》にした。余も是から逢ふ人物を――百姓も、町人も、村役場の書記も、爺《じい》さんも婆《ばあ》さんも――悉《ことごと》く大自然の点景として描き出されたものと仮定して取こなして見様《みよう》」。こんなふうに画工は決心する。

「茫々たる薄墨色の世界を、幾条の銀箭《ぎんせん》が斜めに走るなかを、ひたぶるに濡れて行くわれを、われならぬ人の姿と思へば、詩にもなる、句にも咏《よ》まれる」。このわれ、自我、フランス語でいうmoi（モワ）の問題に、二十世紀の人間たちはみな直面して来た。いわゆる自意識である。このモワ（自我）をいかにして脱却するか。モワ（われ）から、いかに「われならぬ人の姿に」脱却するかに、詩や哲学の一切の問題はある。二十年、三十年、詩を書き本を読んで来ても、ある瞬間にそのバランスは崩れ、われと、われを脱却した姿との間の調和が取れなくなって、もがき苦しむ。少し理屈っぽくなるが、哲学者アランの考える単一の、統合された「自我《モワ》」と、精神分析のジャック・ラカンの「自我《モワ》」の多層のありようはまったく異なる。漱石とラカンの二人を並べてみるのも面白い。ラカンは、「われ思う故にわれあり」ではなくて、「われの思わざるところにわれあり」と観ずるのである。

『草枕』という小説は、ひなびた温泉場の風景の中を、風景のような人物（その中心は那美さんというわけのわからない女だが）が点滅して、画工（余）がいろいろと意見や自らの見解を呟くという仕掛けの小説である。

画工は句もひねる。

春風や惟然《いぜん》が耳に馬の鈴

詩人とは自分の屍骸を、自分で解剖して、其《その》病状を天下に発表する義務を有して居る……其方便は色々あるが一番手近なのは何でも蚊でも手当り次第十七字にまとめて見るのが一番いゝ。十七字は詩形として尤も軽便であるから、顔を洗ふ時にも、厠《かわや》に上つた時にも、電車に乗つた時にも、容易に出来る。十七字が容易に出来ると云ふ意味は安直に詩人になれると云ふ意味であつて、詩人になると云ふのは一種の悟りであるから軽便だと云つて侮蔑する必要はない。軽便であればある程功徳《くどく》になるから反つて尊重すべきものと思ふ。

漱石自身、子規没後も句をつくり続けていて、この小説でも、先の芭蕉の弟子、惟然坊を登場させた「春風や惟然が耳に馬の鈴」の他、「海棠《かいどう》の露をふるふや物狂《ものぐる》ひ」などの句を書きつける。

ここに幻影の女が登場する。ふつうの娘、ふつうの主婦ではない。これが那美さんであって本来ならこの那美さんと非人情のテーマに力を込めるところだが、わたしはただこの幻影の女をボンヤリと眺めておくことにしよう。

『草枕』の漱石、というより、主人公の三十歳の画工で面白いのは、たとえば次の猛烈な茶人批判である。那美さんが、父が骨董が大好きですから、いつか父にそう言ってお茶でも上げましょう、ともちかけるのに対して次のような意見を洩らすのである。

茶と聞いて少し辟易した。世間に茶人程勿体《もったい》振つた風流人はない。広い詩界をわざとらしく窮屈に縄張りをして、極めて自尊的に、極めてことさらに、極めてせゝこましく、必要もないのに鞠躬如《きつきゆうじよ》として、あぶくを飲んで結構がるものは所謂《いわゆる》茶人である。あんな煩瑣《はんさ》な規則のうちに雅味があるなら、麻布《あざぶ》の連隊のなかは雅味で鼻がつかへるだらう。廻れ右、前への連中は悉く大茶人でなくてはならぬ。あれは商人とか町人とか、丸で趣味の教育のない連中が、どうするのが風流か見当が付かぬ所から、器械的に利休以後の規則を鵜呑みにして、是で大方風流なんだらう、と却《かえ》つて真の風流人を馬鹿にする為めの芸である。

同じように大げさな、漱石一流の頭垢《ふけ》落しの話もまた、『草枕』で忘れられぬくだりであろう。

〈可笑《おか》しな話しさね。まあゆつくり、烟草《たばこ》でも呑んで御出なせえ話すから。——頭《あたま》あ洗ひましやうか〉
〈頭はよさう〉
〈頭垢《ふけ》丈《だけ》落して置くかね〉
親方は垢《あか》の溜つた十本の爪を、遠慮なく、余が頭蓋骨《ずがいこつ》の上に並べて、断はりもなく、前後に猛烈なる運動を開始した。此爪が、黒髪の根を一本毎《ごと》に押し分けて、不毛の境を巨人の熊手《くまで》が疾風の速度で通る如くに往来する。余が頭に何十万本の髪の毛が生《は》えて居るか知らんが、ありとある毛が悉く根こぎにされて、残る地面がべた一面に蚯蚓《めめず》張れにふくれ上つた上、余勢が地盤《じばん》を通して、骨から脳味噌迄震盪《しんとう》を感じた位烈《はげ》しく、親方は余の頭を掻き廻はした。

『草枕』のみならず漱石の読みどころは、こういう滑稽にこそあるにちがいない。あとは終り近くの、「世間には拙を守ると云ふ人がある。此人が来世に生れ変ると屹度《きっと》木瓜《ぼけ》になる。余も木瓜になりたい」といったところにもう一人の漱石がいるのである。

那美さんと老人と「余」と久一さんが駅のプラットフォームへ出る。久一さんは日露戦争に出征するのだ。那美さんはアマゾンのような非人情（非情というのではなく常識を突き抜けている）怪女なので、次のように突っ放した言葉を発する。

轟《ごう》と音がして、白く光る鉄路の上を、文明の長蛇《ちょうだ》がのたくって来る。文明の長蛇は口から黒い烟《けむり》を吐く。〈死んでおいで〉と那美さんが言う。

車輪が一つ廻れば久一さんは既に吾等が世の人ではない。遠い、遠い世界へ行つて仕舞ふ。其世界では烟硝《えんしょう》の臭ひの中で、人が働いて居る。さうして赤いものに滑つて、無暗に転《ころ》ぶ。空では大きな音が「どゞんどゞん」と云ふ。是からそう云ふ所へ行く久一さんは車のなかに立つて無言の儘、吾々を眺めて居る。

生と死のわかれである。そこに、今までかつて見た事のない〈あわれ〉が一面に浮く。「それだ！　それだ！　それが出れば画《ゑ》になりますよ」と画工も非人情なことをいう。この「世」と「非人情の詩や画」の二つの世界、この二つの間に生まれる悟りを『草枕』で表現したかったと漱石は言うのだろうが、ここのところでこの小説は、好戦とか反戦とかいった段階を超えた恐ろしい詩的真実を突きつけるのである。

今の引用個所のしばらく前のところに、少し長いがこういう会話が出て来る。

「久一さん、軍《いく》さは好きか嫌ひかい」と那美さんが聞く。
「出て見なければ分らんさ。苦しい事もあるだらうが、愉快な事も出て来るんだらう」と戦争を知らぬ久一さんが云ふ。
「いくら苦しくつても、国家の為めだから」と老人が云ふ。

「短刀なんぞ貰ふと、一寸《ちよつと》戦争に出て見たくなりやしないか」と女が又妙な事を聞く。

那美さんはなおも戦場に赴く兄の久一に次のように驚くべきことを言う。

「わたしが軍人になれりやとうになつてゐます。今頃は死んでゐます。久一さん。御前も死ぬがいゝ。生きて帰つちや外聞がわるい」

それに対して老人は「まあ〳〵」ととりなし、「死ぬ許《ばか》りが国家の為めではない」と常識の立場、ヒューマニズムの立場のセリフを呟くが、昭和十年代にはまだ子供だったわたしにも、当時の一般人の戦場へ赴く者への漠たる思いは、まずこんなところだったな、という記憶がある。「いくら苦しくつても、国家の為めだから」「生きて帰つちや外聞がわるい」、こういう会話を奇妙と思うようになってまだ半世紀しか経っていない。

『草枕』には右のような恐ろしいような生と死の分かれを突きつけるくだりがあったのだ。那美さんは怖い女である。『草枕』も怖い小説である。

久しぶりの『草枕』

藤田湘子も七十九歳になったという（本誌二月号による）。わたしもこの二月で七十五となった。若い時分は四つ違いというのは大変な年齢差だった。四つ年下の弟がいるが、はるかに年下のように思われた。ところが齢を重ねるごとにそんなに違わなくなる。

顔見知りの俳人はたくさんいるが、会えば「やあやあ」と言えるのは、加藤郁乎を別とすれば湘子さんぐらいなものである。意外に「やあやあ」の間柄の俳人はいない。

数年前に三年間、北上市の詩歌文学館賞の選考委員を同時期につとめて、年に二回、湘子さんとは旧交を温めた。

エッセイをと久しぶりに求められて、ここ三年ほどは荻生徂徠に凝って、『白紵歌《はくちょか》』という小説をある季刊誌に六回ほど連載し、徂徠と徂徠門の詩人たち、服部南郭や安藤東野《とうや》や高野《たかの》蘭亭、太宰春台らを登場させたので（今年の七月、ミッドナイト・プレス社から刊行）、徂徠のことがちょっと出て来る漱石の『草枕』を読み返してみる気になった。

昔は『草枕』はやや退屈だったが、七十も半ばになってページを翻してみると、なかなか味があって面白い。筋立てや名高い「非人情」の説（不人情ではない）はむしろどうということはなくて、細部が面白い。

次は俳句についての主人公（画工）の説だが、漱石の肩肘張らない俳句談義と見做してよい。

（俳句十七字は）軽便であればある程功徳になるから反《かえ》つて尊重すべきものと思ふ。まあ一寸腹が立つと仮定する。腹が立つた所をすぐ十七字にする。十七字にするときは自分の腹立ちが既に他人に変じて居る。腹を立つたり、俳句を作つたり、さう一人が同時に働けるものではない。一寸涙をこぼす。此涙を十七字にする。するや否やうれしくなる。涙を十七字に纏《まと》めた時には、苦しみの涙は自分から遊離して、おれは泣く事の出来る男だと云ふ嬉しさ丈《だけ》の自分になる。

この俳論から五十何ページかあとに、温泉の湯烟《ゆけむり》の中で主人公が女体を見る場面があるが、当節の安物小説とはいかに異なるかを少し眺めてみることにしよう。

室を埋むる湯烟《ゆけむり》は、埋めつくしたる後《あと》から、絶えず湧き上がる。春の夜の灯を半透明に崩し拡げて、部屋一面の虹霓《にじ》の世界が濃《こまや》かに揺れるなかに、朦朧と、黒きかとも思はる、程の髪を暈《ぼか》して、真白な姿が雲の底から次第に浮き上がつて来る。其輪廓を見よ。

頸筋《くびすじ》を軽く内輪に、双方から責めて、苦もなく肩の方へなだれ落ちた線が、豊かに、丸く折れて、流る、末は五本の指と分れるのであらう。ふつくらと浮く二つの乳の下には、しばし引く波が、又滑らかに盛り返して下腹の張りを安らかに見せる。

この個所からすぐに引き続いて老人の部屋で、大徹という僧と一人の若い客と主人公による有名な、長々とした談論となり、そこに徂徠の名が出て来る。漱石は若い頃から徂徠好きで、『蘐園《けんえん》随筆』などを愛読していたという。

老人と和尚の話に徂徠が出て来る。

「山陽が一番まづい様《よう》だ。どうも才子肌で俗気があつて、一向面白うない」

「ハヽヽ。和尚さんは、山陽が嫌ひだから、今日は山陽の幅を懸け替へて置いた」(中略)。物徂徠《ぶつそらい》の大幅である。絹地ではないが、多少の時代がついて居るから、字の巧拙に論なく、紙の色が周囲のきれ地とよく調和して見える。あの錦襴も織りたては、あれ程のゆかしさも無かつたらうに、彩色が褪せて、金糸が沈んで、華麗《はで》な所が滅《め》り込んで、渋い所がせり出して、あんないゝ調子になつたのだと思ふ(中略)。

「徂徠もあまり、御好きでないかも知れんが、山陽よりは善からうと思ふて」

「それは徂徠の方が遥かにいゝ。享保頃の学者の字はまづくても、何処《どこ》ぞに品がある」

「広澤《こうたく》をして日本の能書ならしめば、われは則ち漢人の拙なるものと云ふたのは、徂徠だつたかな、和尚さん」

「わしは知らん。さう威張る程の字でもないて、ワハ、、、」

折角のエッセイが引用だけで終ってしまいそうだが、春ののどけさ（『草枕』には明治の春がみなぎっている）をたまにはわれわれも味わいたい。漱石は「憂鬱の人」であった。『草枕』の文中にも「明暗」の二文字がすでに出て来る。それゆえに俳と、のどけさに憧れた。

徂徠は大儒者（大田南畝は彼を豪傑、豪邁の人と言った）であり、大思想家であり、天と天道を求めたが、また大の現実主義者であったことを述べようとして紙幅を失った。

〔俳誌「鷹」二〇〇五年四月〕

（付記――俳人藤田湘子は、主宰誌「鷹」の本号が出て間もない四月十五日に亡くなった）。

『それから』の代助と鈴木志郎康の初期の詩

このあいだ池袋で上井草行のバスに乗り、買ったばかりの「毎日」の夕刊を眺めていると、中野好夫が「夏目漱石——〝文明開化〟への批判と疎外感」という文章を書いていた。読んでいて次のような漱石の言葉にちょっとしたショックを受けた。新聞の夕刊の記事にこうしたショックを受けることはめったにない。そこには次のような活字が並んでいた。「日本は西洋から借金でもしなければ到底立ち行かない国だ。それでゐて一等国を以て任じてゐる。……あらゆる方面に向って、奥行を削って、一等国丈《だけ》の間口を張っちまった。……目の廻る程こき使はれるから、揃って神経衰弱になっちまふ。……日本国中何所を見渡したって、輝いてる断面は一寸四方も無いぢゃないか。悉く暗黒だ」「借金」というところには中野氏の註がつけられていて、「もちろん文化的借金である」とある。うむと唸ったのはもちろん終りの方である。初めのほうは今となれば誰でも言うことだし書くことだ。しかし次のようなところ、「日本国中何所を見渡したって、輝いてる断面は一寸四方も無いぢゃないか。悉く暗黒だ」（『それから』の代助のセリフ）という個所には繰り返すが人を唸らせるものがある。

二年ばかり前に『漱石全集』は大体そろえて購っていたが、漱石の講演、それも「道楽と職業」という明治四十四年の講演を多少精読したくらいで、読みにかかるきっかけがないままに放っていた。だがこの夕刊を読んだその日から、さっそく『それから』を読み始めた（一九〇九年［明治四十二］の作である）。

さきほど引用した個所は前から三分の一ほどのところで、中野氏が点線で省略したところは次のようになっている。

あらゆる方面《はうめん》に向《むか》って、奥行《おくゆき》を削《けづ》って、一等国《いつとうこく》丈《だけ》の間口《まぐち》を張《は》っちまった。なまじい張《は》れるから、なお悲惨《ひさん》なものだ。牛《うし》と競争《きやうさう》をする蛙《かへる》と同《おな》じ事《こと》で、もう君《きみ》、腹《はら》が裂《さ》けるよ。其影響《そのえいきやう》はみんな我々《われ〱》個人《こじん》の上《うへ》に反射《はんしや》してゐるから見給《みたま》へ。斯《か》う西洋《せいやう》の圧迫《あつぱく》を受《う》けている国民《こくみん》は、頭《あたま》に余裕《よゆう》がないから、碌《ろく》な仕事《しごと》は出来《でき》ない。悉《こと〲》く切《き》り詰《つ》めた教育《けういく》で、さうして目《め》の廻《まは》る程《ほど》こき使《つか》はれるから、揃《そろ》って神《しん》経衰弱《けいすいじやく》になっちまふ。話《はなし》をして見給《みたま》へ大抵《たいてい》は馬鹿《ばか》だから。自分《じぶん》の事《こと》と、自分《じぶん》の今日《こんにち》の、只今《たゞいま》の事《こと》より外《ほか》に、何《なに》も考《かんが》へてやしない。

このように主人公代助は、三千代の夫である平岡に話すのだ。
と、平岡がどう答えるかも一つの見ものである。

そいつは面白《おもしろ》い。大《おほ》いに面白《おもしろ》い。僕《ぼく》見《み》た様《やう》に局部《きよくぶ》に当《あた》って、現実《げんじつ》と悪闘《あくとう》してゐるものは、そんな事《こと》を考《かんが》へる余地《よち》がない。日本《にほん》が貧弱《ひんじやく》だって、弱虫《よわむし》だって、働《はた》らいているうちは、忘《わす》れてゐるからね。世《よ》の中《なか》が堕落《だらく》したって、世《よ》の中《なか》の堕落《だらく》に気《き》が付《つ》かないで、其中《そのうち》に活動《くわつどう》するんだからね。君《きみ》の様《やう》な暇人《ひまじん》から見《み》れば日本《にほん》の貧乏《びんぼふ》や、僕等《ぼくら》の堕落《だらく》が気《き》になるかも知れないが、それはこの社会《しやくわい》に用《よう》のない傍観者《ぼうくわんしや》にして始《はじ》めて口《くち》にすべき事《こと》だ。つまり自分《じぶん》の顔《かほ》を鏡《かゞみ》で見《み》る余裕《よゆう》があるから、さうなるんだ。忙《いそ》がしい時《とき》は、自分《じぶん》の顔《かほ》の事《こと》なんか、誰《だれ》だって忘《わす》れてゐるぢゃないか。

『それから』を終りまで読んで、また立ち戻るのは、やはりさきほどの「日本国中何所《にほんこくじゆうどこ》を……」という代助の文句だ。そしてそれが今も実感として胸に来る。この時代から何十年も経って、代助の言葉をつよく否定する材料を、自分の心のうちに容易に見出すことができない。その代助もこの小説の最後で、否応なしに、あれほど嫌っていた世の中へ出て行くことになる。

「門野《かどの》さん。僕《ぼく》は一寸職業《ちよつとしよくげふ》を探《さが》して来《く》る」と云《い》ふや否《いな》や、鳥打帽《とりうちばう》を被《かぶ》って、傘《かさ》も指《さ》さずに日盛《ひざか》りの表《おもて》へ飛《と》び出《だ》した。……代助《だいすけ》は車《くるま》のなかで、「ああ動《うご》く。世《よ》の中《なか》が動《うご》く」と傍《そば》の人《ひと》に聞《きこ》える様《やう》に云《い》った。

この小説の出だしは代助の頭の中に、大きな俎下駄《(まないたげた)》が空からぶら下っているイメージから始まるわけだが、終りは次のようになっている。

忽《たちま》ち赤《あか》い郵便筒《いうびんづゝ》が眼《め》に付《つ》いた。すると其赤《そのあか》い色《いろ》が忽《たちま》ち代助《だいすけ》の頭《あたま》の中《なか》に飛《と》び込《こ》んで、くるくると回転《くわいてん》し始《はじ》めた。傘屋《かさや》の看板《かんばん》に、赤《あか》い蝙蝠傘《かうもりがさ》を四《よっ》つ重《かさ》ねて高《たか》く釣《つ》るしてあった。傘《かさ》の色《いろ》が、又代助《まただいすけ》の頭《あたま》に飛《と》び込《こ》んで、くる〱と渦《うづ》を捲《ま》いた。四《よ》つ角《かど》に、大《おお》きい真赤《まつか》な風船玉《ふうせんだま》を売《う》ってるものがあった。……烟草屋《たばこや》の暖簾《のれん》が赤《あか》かった。売出《うりだ》しの旗《はた》も赤《あか》かった。電柱《でんちゆう》が赤《あか》かった。赤《あか》ペンキの看板《かんばん》がそれから、それへと続《つづ》いた。仕舞《しまい》には世《よ》の中《なか》が真赤《まつか》になった。そうして、代助《だいすけ》の頭《あたま》を中心《ちゆうしん》としてくるり〱と焔《ほのほ》の息《いき》を吹《ふ》いて回転《くわいてん》した。代助《だいすけ》は自分《じぶん》の頭《あたま》が焼《や》け尽《つ》きる迄《まで》電車《でんしや》に乗《の》って行《ゆ》かうと決心《けつしん》した。

『それから』という小説はこのように、まるで映画にもなったレーモン・クノーの小説『地下鉄のザジ』のように終るが、代助の乗った電車は今も走り続けているように感じられる。

鈴木志郎康については一九六七年に、『罐製同棲又は陥穽への逃走』という、人を食った題名の詩集を彼が出した時に、わたしはちょうど詩の時評をやっていて、いささか立ち入って論じたことがあるのだが、早くからこの文庫版の解説を依頼されながら、なかなか書くきっかけをつかめないでいた。しかし『それから』を読んで、ようやく重ねて何かを言ってみる気持ちになって来た。

彼の最初の詩集『新生都市』を取り出してみる。冒頭の詩は「サレテ・ムーシ地方紀行」という。高野民雄によるとこれは「無視されて」を逆さまにしたものだという。

栓をひねられた水道の蛇口は水を吐き続けた
水は桶の中の汚れた食器の間を流れた

脱ぎすてられた片方のスリッパはねずみ色の腹を見せた
止った置時計の頭の上には埃があった
飲み干された数本の瓶は円い口唇を上に開いていた
…………

というのは書き出しで、また別のところを引用すると、

男は椅子の上でタバコを吸っていた
鼻の穴は煙を吐き出した
鏡は台の上にのっていた
その中に女の顔があった
脚は日焼けしていた
顔の中の眼は茶色に開かれていた
瞳の中には又女の顔があった
人は女の眼玉に退屈した
男はパジャマを着た
瓶の中には白い錠剤が入っていた
万年筆は机の上にあった

灰皿の中に灰はなかった

…………

というところもある。ここからフランスの現代詩人、ジャック・プレヴェールの「朝の食事」のような詩を連想もする。しかし今は、先ほど引用した漱石の『それから』の最終節の文章を思わないわけにはいかない。「ああ動く。世の中が動く」からあとである。

忽ち赤い郵便筒が眼に付いた
すると其赤い色が忽ち頭の中に飛び込んで
くるくると回転し始めた
傘屋の看板に、赤い蝙蝠傘を四つ重ねて
高く釣るしてあった

…………

電車が急に角を曲るとき
風船玉は追懸《おいかけ》て来て頭に飛び付いた
小包郵便を載せた赤い車が
はっと電車と摺れ違ふとき
又彼の頭の中に吸い込まれた

代助という名をはずして、行分けにして一部を書き変えてみたが、何と鈴木志郎康の詩によく似ていることだろう。めまぐるしい都市の外界が意味もなく眼や頭のなかに飛び込んで来るその印象の羅列である。

　栓をひねられた水道の蛇口は水を吐き続けた

であって「栓をひねると水道の蛇口から水が出た」ではないことに注意しよう。「水道の蛇口」が受動態になっている。いや、ここだけではなくすべてが受動態であり、能動的な言葉や行為はここにはない。物のほうが人を無視して次から次へとどんどん飛び込んで来る。

　空に雲はなかった
　雷鳴もなかった
　風はひたすらペンペン草をゆらした
　わたくしはその時を知っている
　暗い穴から最初の血まみれの白い家が現われた

と『新生都市』というこの詩集の最後の詩は始まる。これはランボーの詩「大洪水後」をちょっと想像させる。姿勢としては「大洪水後」である。鈴木志郎康の夢はここから出発している。nil admirari

（ニル・アドミラリ）は明治四十年代の漱石のものだが、昭和四十年代を迎えようとする一人の詩人の頭の中にも一種の nil admirari がある。「新生都市」の最後は次のように終る。

白色に光る直線の都市はおどろくばかりの速さで成長した
人間はなく
風はなく
既に空さえもなかった

人々はバスに乗り電車に乗って、毎日同じ風景を、見るともなく見ながら勤め先に通う。退屈にみな堪えている。窓からは何か見えるのか。満員電車の月給生活者はおとなしく運ばれて行く。これで暴動が起こらないのが不思議な気がする。団地族は現代の農奴だと誰かが言った。鈴木志郎康のこれらの詩に、不平不満の塊の現代農奴の怨念を見ないわけにはいかない。ランボーの妹ヴィタリの、公園にポプラの木が何本という臨終に近い時の言葉、ランボー自身の、「分け前は歯一本、歯二本」という臨終の床での言を思い出す。

農奴はしかし復讐と再生を願いもするだろう。

こういったところに立って鈴木志郎康は口唇から言葉を吐き出しているに相違ない。

グロットマンテイカ

グロットマンテイカ
ニーペポルトペイン
イイイイイイイイ

というのは今度の文庫版詩集ではじめて見る彼のごく初期の詩の一節だが、満員電車の農奴はこういう音声を呟き出すだろう。それがやがて「愛」といった言葉となるこの飛躍には、ほとんど眩暈に価するものがある。「パン・バス・老婆」という作になると、若い女を見て、詩人は若干の欲情さえ抱くに至る。「木目・波・壁」には「EKOのために」という献辞があって、言わば相聞歌なのだが、万葉の、また高村光太郎の相聞の歌に較べて何と異質なことだろう。

『罐製同棲又は……』という彼のめざましい発展を示す詩集についてはここでは書くまい。「罐製同棲」というのも団地アパートの男女の生活のことかもしれない。物たちはかつては自分や女のためにあったが、ここでは女も物も自分も同一の平面上にある。

詩集以後の彼の詩では「色白ビルトイレちゃん紅旭して血染めの初夜は夜明け」は興味深い。ここにはすでに「意志」と言っていい人間の権利回復の要求がある。

薄明の部屋の中で、影のようにおまえは作業する
母体を切りきざむ作業！

腕の輪切りを作りましょ
胴の輪切りを作りましょ
脚を裂いては縦縞並び
ああ、髪の毛が指にからんで
どこまでやっても母親なのだ、おまえは困る、生首を
どうするかこうするか
　とっとの目

この「とっとの目」には戦慄がある。河原温の浴室シリーズのデッサン、長谷川龍生の「赤ちゃん」、田村隆一の「母は死を産むであろう」と並んで、この「血染めの初夜」は記憶されていい。河原温はメキシコに去り、長谷川も田村も今ほとんど沈黙している。鈴木志郎康はその憂鬱と焦躁と嫌悪に、今しばらく堪える義務がある。まったくのところ、詩は誰かがやらねばならず、誰かがやってくれればいいのである。

漱石の『それから』から始めたが、この小説を読み進みながら鈴木志郎康を思い出す次のような個所がもう一つあった。代助が風呂に入るくだりである。

湯《ゆ》のなかに、静《しず》かに浸《つか》っていた代助《だいすけ》は、何《なん》の気《き》なしに右《みぎ》の手《て》を左《ひだり》の胸《むね》の上《うへ》へ持《も》って行《い》ったが、どん〱と云《い》ふ命《いのち》の音《おと》を二、三度《ど》聞《き》くや否《いな》や、忽《たちま》ちウエバー（引用者注——自分の心臓の鼓動を増したり、

減したり、随意に変化させたという生理学者）を思《おも》ひ出《だ》して、すぐ流《なが》しへ下《お》りた。さうして、其所《そこ》に胡坐《あぐら》をかいた儘《まゝ》、茫然《ばうぜん》と自分《じぶん》の足《あし》を見詰《みつ》めてゐた。するとその足《あし》が変《へん》になり始《はじ》めた。どうも自分《じぶん》の胴《どう》から生《は》えてゐるんでなくて、自分《じぶん》とは全《まつた》く無関係《むくわんけい》のものが、其処《そこ》に無作法《ぶさはふ》に横《よこた》はってゐる様《やう》に思《おも》はれて来《き》た。さうなると、今迄《いままで》は気《き》が付《つ》かなかったが、実《じつ》に見《み》るに堪《た》えない程《ほど》醜《みに》くいものである。毛《け》が不揃《むら》に延《の》びて、青《あお》い筋《すぢ》が所々《ところ〳〵》に蔓《はびこ》って、如何《いか》にも不思議《ふしぎ》な動物《どうぶつ》である。

鈴木ファンならハハアとうなずいてくれるだろう。

［現代詩文庫『鈴木志郎康集』一九六九年］

バルザックを読む漱石——『ゴリオ爺さん』と『それから』

バルザックの名が『漱石全集』のあちこちに出て来ることは、すでに周知のことである。雑誌「ホトトギス」に発表された『吾輩は猫である』のごく初めの方に、バルザックの名高い短篇『Z・マルカス』の名が出て来、漱石の評論にもバルザックの名はいくつも出てきて、「——幼稚なる今日の日本文学が発達すれば必ず現代の露西亜文学にならねばならぬものだとは断言出来ないと信じます。又は必ずユーゴーからバルザック、バルザックからゾラと云ふ順序を経て今日の仏蘭西文学と一様な性質のものに発展しなければならないと云ふ理由も認められないのであります」などとあり、その他、一八三〇年のバルザックの短篇「エル・ヴェルデュゴ」の英訳のことが出て来るのにも、少しびっくりさせられるが、多分重要なのは漱石がロンドンで、一九〇一年刊の英訳の『ゴリオ爺さん』を読み、次のようなメモを書きつけていることである。

To love a married woman!　This is French indeed!

結婚した女——人妻と言っても、バルザックの場合の女は、その多くが貴族の夫人である。『ゴリオ爺さん』のパリ大学法学部学生ラスティニャックも、『娼婦の栄光と悲惨』の美貌の青年詩人リュシアンも、貴族の夫人たちと、愛する（love）というのとは少しニュアンスが異なるが、交渉を持ち、自らの出世の手がかりの一つにしようとする。『谷間の百合』の若いフェリクスは、人妻であるモルソフ伯爵夫人に純情な気分で恋い焦れるが、多くは別にコンタンがあるわけである。ラスティニャックもまた、ニュッシンゲン男爵夫人デルフィーヌ（ゴリオ爺さんの次女）を、あるコンタンをもって愛するのだ。

ところで漱石の小説で、a married woman（人妻）を愛する主人公はと言えば、すぐ念頭に浮かぶのは『それから』の代助であるが、代助は三千代という人妻を愛して自分の妻とすることを、出世の手がかりにしようなどとは、つゆ思っていはしない。そんなことはあり得ない三千代である。ここがバルザックの出世主義の主人公ラスティニャックやリュシアンと代助の大いに異なるところである。

それにしても若い漱石がロンドンで主として俳句のことを考えながら『ゴリオ爺さん』を読み、To love a married woman! This is French indeed! と書きつけているのは何とも面白い。一九〇一年のロンドンで漱石は虚子宛にハガキを出し「吾妹子《わぎもこ》を夢みる春の夜となりぬ」との句に添えて、「もう英国も厭になり候」と書いていた。

ところで、そもそもオノレ・ド・バルザックという小説家自体が人妻好きであった。まだ二十二歳の若さで二十二も年上の、おまけに九人の子持ちのベルニー夫人を愛し、それが夫人の死の時まで続いていること、またウクライナに住むハンスカ氏という豪族の夫人がバルザックの愛読者で、このハンスカ夫人と尨大な書簡を交わし、のちに唯一の正式な結婚をしていることだけを見ても十分だろう。漱石その人にかかわる実在の人妻で、まっさきに思い出されるのは嫂《あによめ》の登世《とせ》であって、この二十五歳で儚く世を去った女のことは、江藤淳の『漱石とその時代』第一部などにも出て来る。

バルザックと漱石でもう一つ共通するのは、実母との縁の薄さである。これについてもここで繰り返さない。しかしこの母性愛の不足が、男をして年上の人妻に向かわしめると想像するのは不自然なことではあるまい。また漱石の悩んだウツ症状も母性愛の欠乏とかかわっているかと思われる。

さて代助は久しぶりに平岡に会って、話の果てにようやく「三千代さんはどうした」と訊き、「子供は惜しい事をしたね」と言う。生まれてすぐ死んだ子のことらしい。ここのところにも嫂の登世の想い出が蘇っているようだ。三千代と登世は重なって見えてくるし、平岡と漱石の実兄の和三郎も重なって見える。登世も重症のつわりののちに、母子ともに生命を失うのである。

代助が三千代と知り合ったのは四、五年前のことで、代助はまだ学生だった。代助が富裕な家庭の関係から見知った華やかな女たちと、三千代という女は違っていて、もっと地味で、気持ちからいうと、もう少し沈んでいた。三千代は友人の妹で、平岡も同じように三千代と懇意になった。三千代の兄も母もあいついでチフスで死に、父親と二人だけになった三千代は平岡と結婚した。「そうしてその間に立ったものは代助であった」

代助の嫂は、その後しきりに代助に結婚をすすめるが、代助にその気持ちはない。嫂は次のようなことを言う。

「妙なのね、そんなに厭《いや》がるのは。——厭なんじゃないって、口では仰《おっ》しゃるけれども、貰わなければ、厭なのと同《おん》なしじゃありませんか。それじゃ誰か好きなのがあるんでしょう。その方《かた》の名を仰《おっ》しゃい」

代助は今まで嫁の候補者としては、ただの一人《いちにん》も好いた女を頭の中に指名していた覚《おぼえ》がなかった。が、こう言われた時、どういう訳か、不意に三千代という名が心に浮かんだ。

ある日、三千代が書生と二人きりの代助の家に来ることになった。

それから三千代の来るまで、代助がどんな風に時を過《すご》したか、殆《ほと》んど知らなかった。表に女の声がした時、彼は胸に一鼓動を感じた。彼は論理において尤《もっと》も強い代わりに、心臓の作用において尤も弱い男であった。

三千代が代助の飲み残したコップの水を飲んだのはこの時である。代助は「自分が平岡の依頼に応じて、三千代を彼のために周旋した事を後悔」し始める。しかし「自分が三千代の心を動かすために、平岡が妻《さい》から離れたとは、どうしても思い得なかった」

「彼は小供を亡《な》くした三千代をただの昔の三千代よりは気の毒に思った。彼は夫の愛を失いつつある三千代をただの昔の三千代よりは気の毒に思った」というあたりには、なおも嫂の登世の記憶が揺曳する。漱石の兄の一人和三郎は、登世の生きているうちから他の女を愛し始めていたようで、登世の一周忌もすまないうちに若い漱石からすればつまらぬ女と再婚している。どうやら夫の平岡自身も赤児が死んで自分も病身になった三千代を放《ほう》っておいて、遊蕩に走っているようであった。

代助はある時、平岡の留守に三千代を訪れるが、帰ろうとする代助に三千代は「淋《さむ》しくっていけないから、また来て頂戴《ちょうだい》」と言う。ここ数年、小説と言えばバルザックの「人間喜劇」の長篇ばかりを読んでいたわたしは、漱石の小説というのは、こんなに暗く「淋しい」ものだったのかとあらためて思わずにはいられなかった。

いまの「淋《さむ》しくっていけないから」のすぐ前のところに、次のような西洋の小説への感想（代助の、そして要するに漱石の）が出て来てわたしには実に興味深い。バルザックばかり読んでいたので、なおさら面白い。人妻の三千代と差向いで、長いこと坐っている危険に代助が気づく場面である。

自然の情合《じょうあい》から流れる相互の言葉が、無意識のうちに彼らを駆《か》って、準縄《じゅんじょう》の埒《らち》を踏み越えさせるのは、今二、三分の裡《うち》にあった。代助は固《もと》よりそれより先へ進んでも、なお素知《そし》らぬ顔で引き返し得る、会話の方を心得ていた。彼は小説を読むたびに、そのうちに出て来る男女《なんにょ》の情話が、あまりに露骨で、あまりに放肆《ほうし》で、かつあまりに直線的に濃厚なのを平生《へいぜい》から怪《あや》しんでいた。原語で読めばとにかく、日本語には訳し得ぬ趣旨のものと考えていた。従って彼は自分と三千代との関係を発展させるために、舶来の台詞《せりふ》を用いる意志は毫《ごう》もなかった。少なくとも二人の間では、尋常の言葉で十分用が足りたのである。が、其所《そこ》に、甲の位置から、知《し》らぬ間に乙の位置に滑り込む危険が潜《ひそ》んでいた。代助は辛《かろ》うじて、今一歩という際《きわ》どい所で、踏み留《とど》まった。

代助は三千代を取るか、父や兄や嫂に代表される「社会」を取るかで煩悶する。「天意には叶《かな》うが人の掟《おきて》に背く恋は、その恋の主《ぬし》の死によって、初めて社会から認められるのが常であった。彼は万一の悲劇を二人の間に描いて、覚えず慄然《りつぜん》とした」。ここのところで、『谷間の百合』のモルソフ夫人が、「自分の燃える愛の炎」を抑えに抑えて病気となり、ついに悲惨な死を迎える場面をどうしても連想しないではいられない。

「彼はまた反対に、三千代と永遠の隔離を想像して見た。その時は天意に従う代わりに、自己の意志に殉ずる人にならなければ済まなかった」

とうとう代助は三千代に愛を告白する。そこのところにこの小説の工夫と、そこから来る迫力というものがある。

代助の言葉には、普通の愛人の用いるような甘い文彩《あや》を含んでいなかった。彼の調子はその言葉と共に簡単で素朴《そぼく》であった。むしろ厳粛の域に逼《せま》っていた。ただ、それだけの事を語るために、急用として、わざわざ三千代を呼んだ所が、玩具《おもちゃ》の詩歌に類していた。けれども、三千代は固《もと》より、こういう意味での俗を離れた急用を理解し得る女であった。その上世間の小説に出て来る青春時代の修辞には、多くの興味を持っていなかった。代助の言葉が、三千代の官能に華やかな何物をも与えなかったのは、事実であった。三千代がそれに渇《かわ》いていなかったのも事実であった。代助の言葉は官能を通り越して、すぐ三千代の心に達した。三千代は顫える睫毛の間から、涙を頬《ほお》の上に流した。

『それから』という人妻への恋愛小説が、今日のわが国の、またヨーロッパやアメリカ風の露骨な性的表現にみちみちた小説と異なる面が右の引用箇所によく出ているわけだが、日本語の小説の場合、こうした抑えに抑えた感情と表現が、かえって人をひきつけることがあるのに改めて気づかされる。「死ねと仰しゃれば死ぬわ」と言い、「だって、放《ほう》って置いたって、永く生きられる身体《からだ》じゃないじゃありませんか」と、つらいセリフを吐く三千代からは、またしても「容姿秀麗」と若い漱石が書きつけた登世の面影が浮かび上がって来る。

三千代が死んだとはどこにも書かれていないが、三千代はやはり死んだのではあるまいか。平岡と対決した代助は、「あっ。解った。三千代さんの死骸《しがい》だけを僕に見せるつもりなんだ。それは苛《ひど》い。それは残酷だ」と抗弁する。『それから』の続篇に『門』があることは承知している。それでも三千代は二十五歳で夭逝したにちがいないとわたしは信じないではいられない。

［「リテレール別冊」一九九四年二月、のち『バルザックを読む漱石』青土社］

Ⅲ

ユーウツな漱石——『彼岸過迄』及び『行人』をめぐって

1

この間、ある人が、それにしても樋口一葉という『にごりえ』『たけくらべ』の作家はかわいそうだ。あれほどの才に恵まれながらごく若いころから金銭にはさんざん苦労し、二十四という年に、はかなく死んだ。その一葉の顔が今度は五千円札に印刷されて、人間の汚い手でいじり廻されることになったと歎いていたが、今は野口英世になった千円札は、ついこの間までは漱石で、何年前になるか千円札に漱石の顔が使われると知った時には、わたしは大いに驚いたものだ。

一葉よりは四、五歳年上になる、あの西洋と日本の落差に苦悩したユーウツな漱石を、まあ何でわざわざ役人は千円札の図柄に選んだのだろう。多分、『吾輩は猫である』や『坊つちゃん』を書いた、ユーモアを解する愛すべき大作家だから、国民諸君のつねづね携帯する財布の中に収めるのにふさわしいと思ったにちがいない。しかしその役人は（複数かも知れない）、『彼岸過迄』や『行人』は絶対に読んでいないにちがいない。むろん『道草』も『明暗』も、『それから』『門』さえ手にしたことがないだろう。『吾輩は猫である』さえ、読み通したかどうか疑わしい。多分読んでいないだろう。

つい最近も手もとに残っていた千円札の漱石の顔をつくづくと眺めてみたが、わたしの眼には確かに半分泣き笑いの表情をしているように見えた。

漱石はむろんユーモア、諧謔、滑稽の人でもあった。しかしその底には深いユーウツと狂気があった。

これから『彼岸過迄』と『行人』を少し詳しく読んでみたいが（と言ってわたしの漱石論であって、学問的研究にはなるはずがない）、また、ことさら漱石をわたしはユーウツな人物に仕立てようとは思っていない。確かにユーウツな、『彼岸過迄』や『行人』といった小説を精読することによって、読者諸氏を必要以上にユーウツにし、自分もまたユーウツになろうとはさらさら思っていない。

ところで『行人』なら『行人』の研究は、大正、昭和以来、平成の今日に至るまで枚挙にいとまがない。今更出る幕はなさそうだが、ただ一つ、わたしは四十代前半と五十代の後半の二度にわたって（それぞれ一年前後）、かなり重いウツ病に罹ったことがあって、躁ウツ気質だとされる漱石の気分や、漱石の小説中の、神経過敏な人物たちの閉塞した気分や煩悶がかなりよく想像できるのである。

わたしがウツ病になった二度とも、「漱石ほどの人もウツ状態を乗り越えたのだから、文学をやるほどの人はしっかりと克服しなければ」と言ってくれた人があった。ウツ状態の人間を、しっかりしろとか、がんばれと励ますのは実は最悪のことなので、何もかも放擲して休息することで、一時、世の中から下りてしまうのが最善の道なのだが、わたしに向かって「漱石だって」と慰めてくれる人もいたのである。

と言って、漱石ウツ病説は、土居健郎著『漱石の心的世界』(弘文堂)によれば、千谷七郎と小木貞孝(作家の加賀乙彦の本名、彼は精神科医でもある)の二氏で、他に分裂病説と受け取る医家もいれば、混合精神病説を主張する人もおり、敏感関係妄想と言う人、神経症だったとする人、また妻のヒステリーに悩んだ末の神経衰弱説の人もいる。

詳しくは土居氏の本の「終章」を見られたい。「終章」の結びに、漱石自身が次のように書いているのが引用されてあるのは面白い。

「余が身辺の状況にして変化せざる限りは、余の神経衰弱と狂気とは命のあらん程永続すべし。永続する以上は幾多の『吾輩は猫である』と、幾多の『漾虚集』と、幾多の『鶉籠』を出版するの希望を有するが為めに、余は長しへ《とこ》に此神経衰弱と狂気の余を見棄てざるを祈念す」

ちょっと痛快でさえある漱石の開き直りではないか。

わたしの最初のウツ病を治癒させてくれたのは東京医科歯科大学精神科の故島薗安雄教授だった。今もひそかな感謝の気持ちを忘れたことはない。先生は寡黙な人だったが、カルテにこちらの訴えを書き込むのを見ているだけで、何だか背負っている悩みがそこに吸い込まれ薄らぐように思われた。何度か入院をすすめられたが、嫌《いや》だとことわり続ける病者のわがままを容認してくれた。島薗教授は最初の診断の時に、何月初めには治癒すると予言されたが、事実、その通りになった。睡眠薬だけはしばらく処方して下さいませんかと言うと、大丈夫、三週間ほど前から、薬袋には片栗粉のようなデンプンを入れておいたが、それで毎晩よく眠ったはずだと、その時は少し笑っておられた。休職も終って勤め先の大学の研究室や教室に行くのが不安だと訴えると、他人はそれほど君のことを考え続けるものではない、とポツンと言われ、そうかと悟ることができた。

二度目の時の医師は墨岡クリニックの、わたしよりずっと若い墨岡孝医師だったが、あなたの場合、ウツだけではなく躁（おそらく攻撃的《アグレッシヴ》な――筆者）も混じっているかも知れないと言われ、大丈夫、まかせて下さいとのことで、一時は病状が進行したものの、いったん治癒に向かうとドンドンよくなった。しかしこの先生は薬だけは長く服用するように、「もういい」と言うまで医院に薬は取りに来るようにとの説だった。一度、かなり早い時期に、診察室で二度ほど旅をしたことのある南の島に行きたいと自棄的な発言をして強く叱責されたのを覚えている。この先生にもひそかな感謝を忘れたことはない。二度とも病気を妙にかくしたりせず、むしろ病気について詩や小説の形で書き、発表し続けたのが、わたしの場合、よかったのではないかと思う。

自分と比較するのはおこがましいが、漱石も自分の中の「神経衰弱と狂気」を小説の登場人物のうちに造型し続け、生涯を文学者として、また夏目金之助という一人格として全うし得たのだった。

最初に『彼岸過迄』と『行人』を書いた時期の、ごく簡単な（詳し過ぎることのない）年譜を作っておきたい。

一九一〇年（明治四三）四十四歳　三月、五女ひな子生まれる。六月、胃潰瘍のため、東京内幸町の長与胃腸病院に入院。八月、転地療養のため伊豆の修善寺温泉の菊屋旅館に赴き、同月二十四日夜、大吐血があり危篤状態に陥る。いわゆる修善寺の大患である。この時、多くの門下生が遠方から駆けつけて来てくれたことが、漱石の人生観を変えたようだ。危機を脱して十月、長与病院に再入院し回復する。

同じ年に大逆事件が起こり、谷崎潤一郎の「刺青《しせい》」や、啄木の「時代閉塞の現状」が発表される。「白樺」や「三田文學」の創刊。

一九一一年（明治四四）四十五歳　二月、漱石、文学博士号を辞退、という事件に世間は驚く。八月、朝日新聞社主催の講演会のため、明石、和歌山、堺、大阪に行く。この時、あちこち見物し、経験したことが『行人』執筆に大いに利用されている。大阪で胃潰瘍が再発。湯川胃腸病院に入院する。この病院での体験らしきものも『行人』に出て来る。九月、帰京。痔の手術。この痔の手術については『明暗』の冒頭部にかなり立ち入って書かれている。十一月、まだ幼いひな子が急死し強いショックを受ける。このひな子の死の前後のことは『彼岸過迄』に詳しい。

この年、幸徳秋水ら、大逆事件の被告に死刑が宣告される。平塚らいてうの「青鞜」創刊。有島武郎の『或る女』前篇が発表される。

一九一二年（明治四五・大正元年）四十六歳　一月一日から『彼岸過迄』を朝日新聞に連載。十二月六日から翌年の晩秋まで同新聞に『行人』を連載。明治天皇の崩御。
一九一三年（大正二）四十七歳　一月、ウツ病の再発、三月、胃潰瘍再発。五月末まで病床にあり、九月に『行人』の終結部の「塵労」（主人公、一郎の友人であるHさんの手紙の章）を朝日新聞に連載。十一月完結。

この年は森鷗外の『阿部一族』や、永井荷風訳の『珊瑚集』や、斎藤茂吉の歌集『赤光』の発表された年であった。

一種の狂気とも見做されたであろう文学博士号の辞退と、十一月のひな子の急死の間に、一九一一年（明治四四）の漱石は関西でしきりに講演をしているが、そのしゃべり方は決してユーウツなそれではなく、むしろ軽躁状況の調子の弾んだものであるのに驚かされる。

その一つは「現代日本の開化」で、八月、和歌山において行われた講演である。ところで漱石の小説からの引用は大体のところ岩波書店の『漱石全集』の表記に随うが、講演は読みやすい新カナの岩波文庫の『漱石文明論集』に拠ることにしたい。

講演「現代日本の開化」は次のように始まる。

甚《はなは》だお暑いことで、こう暑くては多人数お寄合いになって演説などお聴きになるのは定めしお苦しいだろうと思います。殊に承《うけたまわ》れば昨日も何か演説会があったそうで、そう同じ催《もよお》しが続いてはいくら中《あた》らない保証《ほしょう》のあるものでも多少は流行過《はやりすぎ》の気味で、お聴きになるのもよほど御困難だろうと御察し申します。が演説をやる方の身になって見てもそう楽ではありません。殊にただ今牧《まき》君の紹介で漱石君の演説は迂余曲折《うよきよくせつ》の妙があるとか何とかいう広告めいた賛辞を頂戴《ちようだい》した後に出て同君の吹聴《ふいちよう》通りを遣《や》ろうとするとあたかも迂余曲折の妙を極《きわ》めるための芸当を御覧に入れるために登壇したようなもので、いやしくもその妙を極めなければ降《お》りることが出来ないような気がして、いやが上に遣りにくい羽目《はめ》に陥《おちい》ってしまう訳であります。

ユーウツな漱石というイメージとはいささか異なった講演ぶりで、読者は少し戸惑うかも知れない。『行人』を三分の一ほど読んだところに、一郎と二郎兄弟の母と、二郎の嫂《あによめ》が紀三井寺を見物するくだりが出て来る。「高《たか》い石段《いしだん》でね。斯《か》うして見上《みあげ》る丈《だけ》でも眼《め》が眩《ま》ひさうなんだよ、お母《かあ》さんには。是《これ》ぢや到底上《とてものぼ》れつこないと思《おも》つて、妾《わたし》や何《ど》うしやうか知《し》らと考《かんが》へたけれども、直《なほ》に手《て》を引《ひ》つ張《ぱ》つて貰《もら》つて、漸《やうや》くお参《まゐ》り丈《だけ》は済《すま》せたが、其代《そのかは》り汗《あせ》で着物《きもの》がぐつしよりさ。……」と母は言う。直《なほ》というのは一郎の妻で、二郎の嫂に当たる。兄は「はあ左右《さう》ですか〳〵」と時《とき》々気《き》のない返事をするだけである。講演の中で漱石はこの紀三井寺に行った話もする。

……私がこの和歌山へ参るようになったのは当初からの計画ではなかったのですが、私の方で近畿地方を所望《しよもう》したので社の方では和歌山をその中《うち》へ割り振ってくれたのです。御蔭で私もまだ見ない土地や名所などを捜《さぐ》る便宜を得ましたのは好都合です。そのついでに演説をする——のではない演説のついでに玉津島《たまつしま》だの紀三井寺《きみいでら》などを見た訳でありますからこれらの故跡《こせき》や名勝《めいしよう》に対しても空手《からて》では参れません。御話をする題目はちゃんと東京表《おもて》で極《き》めて参りました。さらに和歌の浦という地名も出て来る。

　私は昨晩和歌の浦へ泊りましたが、和歌の浦へ行って見ると、さがり松だの権現様《ごんげんさま》だの紀三井寺《きみいでら》だのいろいろのものがありますが、その中に東洋第一海抜《かいばつ》二百尺《しゃく》と書いたエレヴェーターが宿の裏から小高い石山の巓《いただき》へ絶えず見物を上げたり下げたりしているのを見ました。実は私も動物園の熊のようにあの鉄の格子《こうし》の檻《おり》の中に入って山の上へ上げられた一人であります。があれは生活上別段必要のある場所にある訳でもなければまたそれほど大切な器械でもない、まあ物数奇《ものずき》である。唯《ただ》上ったり下ったりするだけである。疑《うたがい》もなく道楽心の発現で、好奇心兼広告欲も手伝っているかも知れないが、まあ活計向《くらしむき》とは関係の少ないものです。これは一例ですが開化が進むにつれてこういう贅沢《ぜいたく》なものの数が殖《ふ》えて来るのは誰でも認識しない訳に行かないでしょう。加之《のみならず》この贅沢が日に増し細《こま》かくなる。大きなものの中に輪がいくつも出来て漏斗《じょうご》みたように段々深くなる。と同時に今まで気の付かなかった方面へ段々発展して範囲が年々広くなる。

　要するにただ今申し上げた二つの入り乱れたる経路、即ち出来るだけ労力を節約したいという願望から出て来る種々の発明とか器械力とかいう方面と、出来るだけ気儘《きまま》に勢力を費《ついや》したいという娯楽の方面、これが経《けい》となり緯《い》となり千変万化《せんぺんばんか》錯綜《さくそう》して現今のように混乱した開化という不可思議な現象が出来るのであります。

こう漱石が文明の開化の混乱をめぐってわかりやすく話しているのは、明治のいよいよ末の四十四年のことなのだ。この混乱は二十一世紀に入ってますます増大しているのは誰もが知るとおりだろう。ウツ病に罹る人、神経症に苦しむ人の数も多く、今や消費される精神安定剤や抗ウツ剤は積み上げれば富士山よりも堆《うずたか》いと思われ、わたしにさえ相談を持ちかける友人知己や、顔も知らない読者が少なくない有様だ。そろそろ小説『行人』の読みに入らねばならないが、講演「現代日本の開化」にも「神経衰弱」という言葉が頻出するのを見ておこう。

西洋で百年かかって漸く今日に発展した開化を日本人が十年に年期をつづめて、しかも空虚の譏《そしり》を免かれるように、誰が見ても内発的であると認めるような推移をやろうとすればこれまた由々《ゆゆ》しき結果に陥《おちい》るのであります。百年の経験を十年で上滑りもせず遣《や》りとげようとするならば年限が十分一《じゅうぶんのいち》に縮まるだけわが活力は十倍に増さなければならんのは算術の初歩を心得たものさえ容易《たやす》く首肯《しゅこう》する所である。これは学問を例に御話をするのが一番早分りである。西洋の新らしい説などを生噛《なまかじ》りにして法螺《ほら》を吹くのは論外として、本当に自分が研究を積んで甲の説から乙の説に移りまた乙から丙に進んで、毫《ごう》も流行を追うの陋態《ろうたい》なく、またことさらに新奇を衒《てら》うの虚栄心なく、全く自然の順序階級を内発的に経て、しかも彼ら西洋人が百年も掛って漸く到着し得た分化の極端に、我々が維新《いしん》後四、五十年の教育の力で達したと仮定する。体力脳力《のうりょく》共にわれらよりも旺盛な西洋人が百年の歳月を費したものを、如何に先駆の困難を勘定《かんじょう》に入れないにした所で僅かその半《なかば》に足らぬ歳月で明々地《めいめいち》に通過しおわるとしたならば吾人《ごじん》はこの驚くべき知識の収穫を誇り得ると同時に、一敗また起つ能《あた》わざるの神経衰弱《しんけいすいじゃく》に罹《かか》って、気息奄々《きそくえんえん》として今や路傍《ろぼう》に呻吟《しんぎん》しつつあるは必然の結果として正《まさ》に起るべき現象でありましょう。

こう述べておいて漱石は次のような諦めに似た結論に到達する。

ではどうしてこの急場《きゅうば》を切り抜けるかと質問されても、前《ぜん》申した通り私には名案も何もない。ただ出来るだけ神経衰弱に罹《かか》らない程度において、内発的に変化して行くが好《よ》かろうというような体《てい》裁《さい》の好いことを言うより外に仕方がない。苦《にが》い真実を臆面《おくめん》なく諸君の前にさらけ出して、幸福な諸君にたとい一時間たりとも不快の念を与えたのは重々《じゅうじゅう》御詫《おわび》を申し上げますが、また私の述べ来《きた》った所もまた相当の論拠と応分《おうぶん》の思索《しさく》の結果から出た生真面目《きまじめ》の意見であるという点にも御同情になって悪い所は大目に見て頂きたいのであります。

漱石の講演はいささか軽躁状態に風呂敷をひろげているようでいて、言っている内容は明治末の苦しい日本人や日本の文化の内実の、観察と告白となっている。

2

そろそろ『行人』に入らなくては、と言ったが、やはりその前に『彼岸過迄』で、とくにわたしの気になる場面をあげておくべきだと思い始めた。

小説『彼岸過迄』は「風呂の後」「停留所」「報告」「雨の降る日」「須永の話」「松本の話」「結末」の七つのパートに分かれている。

その第二番目の「停留所」にある次の宗教家のエピソードは、確かにわたし自身もかつて経験した典型的にウツ的な症状で、『行人』の一郎の苦しみにも似通っている。「彼」というのはこの小説の狂言廻し役で、探偵役でもある敬太郎という人物を指している。

彼《かれ》は盆槍《ぼんやり》して四五日過《す》ぎた。不図《(ふと)》学生時代に学校へ招待した或《ある》宗教家の談話を思ひ出《だ》した。其宗教家は家庭にも社会にも何《なん》の不満もない身分だのに、自《みづ》から進んで坊主になつた人《ひと》で、其《その》当時の事情を述《の》べる時に、何《ど》うしても不思議で堪《たま》らないから斯道《このみち》に入《はい》つて見たと云つた。此人《このひと》は何《ど》んな朗《ほが》らかに透《す》き徹《とほ》る様な空《そら》の下《した》に立《た》つても、四《し》方から閉《と》ぢ込《こ》められてゐる様《やう》な気がして苦しかつたのださうである。樹《き》を見ても家《いへ》を見《み》ても往来を歩《ある》く人間《にんげん》を見ても鮮《あざや》かに見えながら、自分丈《(だけ)》硝子張《がらすばり》の箱《はこ》の中《なか》に入れられて、外《ほか》の物《もの》と直《ぢか》に続《つゞ》いてゐない心持が絶えずして、仕舞《(しまい)》には窒息《ちつそく》する程苦《くる》しくなつて来《く》るんだといふ。敬太郎は此話《はなし》を聞《き》いて、それは一種の神経病に罹《かゝ》つてゐたのではなからうかと疑つたなり、今日《こんにち》迄気にも掛《か》けずにゐた。然し此四五日盆槍《ぼんやり》屈托してゐるうちに能《よ》く考へて見《み》ると、彼《かれ》自身が今迄《まで》に、何一《なにひと》つ突《つ》き抜《ぬ》いて痛快だといふ感じを得た事《こと》のないのは、坊主にならない前の此宗教家の心に何処《どこ》か似た点があるやうである。勿論自分のは比較にならない程微弱で、しかも性質が丸で違《ちが》つてゐるから、此坊さんの様にえらい勇断を為《す》る必要はない。もう少し奮発して気張《きば》る事《こと》さへ覚えれば、当《あた》つても外《はづ》れても、今よりはまだ痛快に生《い》きて行かれるのに、今日《こんにち》迄ついぞ其所《そこ》に心を用ひる事をしなかつたのである。

暇をもてあまし気味の敬太郎は、何かをしなければ、何かをしたいと思って友人の須永に話したところ、田口という妙に忙しがっている活動的な中高年の男に紹介され、夕方、神田の小川町と美土代《みとしろ》町《ちょう》が交叉しているあたりに立って、ある男を見張るという妙な仕事をもらうことになる。男が現われる。と、そこに一人の若い女が出現する。男と若い女は西洋料理屋に入る。

別の日、田口の邸に行くと、敬太郎は先夜見張った男に会ってみる気があるかと田口に言われる。田口は巻紙に紹介状をしたため、「表へ松本恒《つね》三様と大きく書いたなり、わざと封をせずに敬太郎に渡した。敬太郎は真面目になつて松本恒三様の五字を眺めたが、肥つた締りのない書体で、此人《このひと》が斯《こ》んな字を書くかと思ふ程拙《せつ》らしく出来てゐた」。漱石の小説はそのどれもが会話の部分が面白い。今は失われた明治の東京弁の面白さである。さして意味深長な場面ではないが見てみよう。

「さう感心して何時《いつ》迄も眺めてゐちやあ不可《いけ》ない」

「番地が書《か》いてない様《やう》ですが」

「あ、左《さ》うか。そいつは私《わたし》の失念《ねん》だ」

田口は再び手紙を受《う》け取《と》つて、名宛の人《ひと》の住所と番地を書き入《かい》れて呉《く》れた。

「さあ是《これ》なら好《い》いでせう。不味《まづ》くつて大《おほ》きな所《ところ》は土橋《どばし》の大寿司《おほずし》流とでも云ふのかな。まあ役に立ちさへすれば可《よ》からう、我慢なさい」

「いえ結構です」

「序《ついで》に女の方へも一通《いつつう》書《か》きませうか」

「女も御存じなのですか」

「ことによると知つてるかも知れません」と答へた田口は何だか意味のありさうに微笑した。

「御差支《おさしつかえ》さへなければ、御序《おついで》に一本書《か》いて頂《いた》だいても宜《よろ》しう御座います」と敬太郎も冗談半分に頼《たの》んだ。

「まあ止《よ》した方《はう》が安全でせうね。貴方《あなた》の様な年《とし》の若《わか》い男を紹介して、もし間違《まちがひ》でも出来《でき》ると責任問題だから。浪漫《ローマン》――何《なん》とか云ふぢやありませんか、貴方《あなた》の様な人《ひと》の事《こと》を」


この小説を読むのは三、四度目だが、今回はこのあたりから（全集で一五六ページ）面白くなって来た。松本という西洋料理店に入った妙な男は、漱石自身がモデルになっているようで、その娘のまだ数えで二つになる、いたいけな宵子（ひな子のことである）は、千代子（実は、驚いたことには、千代子は須永に紹介されたあの多忙な田口の娘で、松本と西洋料理屋に入った若い女である）の世話見で食事中（千代子が粥を一匙《ひとさじ》ずつすくって口へ入れてやっていた）、急死してしまう。

「雨の降る日」の宵子（ひな子）の死の前後は、抑制した筆ながら悲哀にみちて印象深い。

其日は女《をんな》がみんなして宵《よひ》子の経帷子《かたびら》を縫《ぬ》つた。百代《もゝよ》子が新《あら》たに内幸町から来《き》たのと、外《ほか》に懇意の家《うち》の細君が二人《ふたり》程見えたので、小《ちい》さい袖《そで》や裾《すそ》が方々《はうばう》の手に渡《わた》つた。千代子は半紙と筆と硯とを持《も》つて廻《まは》つて、南無阿弥陀仏といふ六字を誰にも一枚づゝ書《か》かした。「市《（いち）》さんも書《か》いて上《あ》げて下さい」と云つて、須永の前へ来《き》た。「何《ど》うするんだい」と聞《き》いた須永は、不思議さうに筆《ふで》と紙《かみ》を受取つた。「細《こま》かい字で書《か》ける丈一面に書《か》いて下《くだ》さい。後《あと》から六字宛《づゝ》を短冊形《がた》に剪《き》つて棺の中《なか》へ散《ち》らしにして入《い》れるんですから」

皆《みん》な畏《かし》こまつて六字の名号《（みやうごう）》を認《した》ためた。咲《さき》子は見ちや厭《いや》よと云ひながら袖《そで》屏風をして曲《まが》りくねつた字を書《か》いた。十一になる男の子は僕は仮名で書《か》くよと断《こと》わつて、ナムアミダブツと電報の様に幾何《いくつ》も並《なら》べた。午過《ひるすぎ》になつて愈《（いよいよ）》棺に入《い》れるとき松本は千代子に「御前着物《きもの》を着換《きかへ》さして御遣《おや》りな」と云つた。千代子は泣《な》きながら返事もせずに、冷《つめ》たい宵子を裸《はだか》にして抱《だ》き起《おこ》した。

漱石はこんなふうに小説の中にひな子の死の前後を書いて、悲しさを少しでもまぎらせようとしたのだろう。当時としては高年齢の、四十半ば近くになって得た幼い娘を失った衝撃は、しかしこれぐらいで消えたとは思われない。

さて須永というのは敬太郎の友だちで、母親と二人きりで神田の須田町の近くに住んでいる。市《いち》さんというのは市蔵という須永の名で、須永市蔵と千代子の関係が、詳しくは略すが、この小説の後半の大きな部分を占めるのだ。須永という男はのちに見る『行人』の一郎と同じように、やはり心理的、神経的にたいそう厄介な男で、鎌倉で会った高木というロンドン生活の長い男が、千代子と親しいのを見て不快を覚える。須永の心はねじくれている。左は「須永の話」の一部分である。

　僕は普通の人間《にんげん》でありたいといふ希望を有《も》つてゐるから、嫉妬心《しん》のないのを自慢にしたくも何《なん》ともないけれども、今話《はな》した様な訳《わけ》で、眼《ま》の当《あた》りに此高木といふ男を見る迄は、さういふ名の付《つ》く感情に強く心《こゝろ》を奪はれた試《ためし》がなかつたのである。僕は其時高木から受けた名状し難《がた》い不快を明《あき》らかに覚えてゐる。さうして自分の所有でもない、又所有にする気もない千代子が源因《(げんいん)》で、此嫉妬心が燃《も》え出《だ》したのだと思つた時、僕は何《ど》うしても僕の嫉妬心を抑え付《つ》けなければ自分の人格に対して申訳がない様な気がした。僕は存在の権利を失つた嫉妬心を抱いて、誰《だれ》にも見えない腹《はら》の中《なか》で苦悶《くもん》し始めた。幸ひ千代子と百代子が日が薄《うす》くなつたから海《うみ》へ行くと云《い》ひ出《だ》したので、高木《たかぎ》が必ず彼等に跟《つ》いて行くに違《ちがひ》ないと思つた僕は、早く跡《あと》に一人《ひとり》残りたいと願つた。彼等は果《はた》して高木を誘《さそ》つた。所が意外にも彼は何《なん》とか云訳《いひわけ》を拵《こしら》えて容易に立たうとしなかつた。僕はそれを僕に対《たい》する遠慮だらうと推察して、益《(ますます)》眉《まゆ》を暗《くら》くした。彼等は次《つぎ》に僕を誘《さそ》つた。僕は固《もと》より応じなかつた。高木の面前《めんぜん》から一刻《こく》も早く逃れる機会は、与へられないでも手を出《だ》して奪いたい位に思つてゐたのだが、今《いま》の気分では二人《ふたり》と浜辺《はまべ》まで行く努力が既に厭《いや》であつた。母は失望した様な顔をして、一所に行《い》つて御出《おいで》なと云つた。僕は黙《だま》つて遠くの海《うみ》の上《うへ》を眺《なが》めてゐた。姉妹《きやうだい》は笑《わら》ひながら立《た》ち上《あが》つた。

「相変らず偏屈ね貴方《あなた》は。丸で腕白小僧見たいだわ」

百代子《ももよ》とあるのは千代子の妹である。

次に書き写してみる鎌倉の海でのノンキな蛸漁のシーンは、人間心理のめんどくささにとって一つの救いになっている。ホッとさせられるわけだ。

「蛸《たこ》は何処《どこ》にゐるんだ」と叔父が又聞《き》いた。

「此所《ここ》いらにゐるんだ」と船頭は又答へた。

さうして湯屋《ゆや》の留《とめ》桶を少し深くした様な小判形《こばんなり》の桶の底《そこ》に、硝子《がらす》を張つたものを水に伏せて、其中《なか》に顔《かほ》を突込む様に押し込みながら、海《うみ》の底《そこ》を覗《のぞ》き出《だ》した。船頭は此《この》妙な道具を鏡《かゞみ》と称《とな》へて、二つ三つ余分に持ち合はせたのを、すぐ僕等に貸《か》して呉れた。第一にそれを利用したのは船頭の傍《そば》に坐を取つた吾一と百代子であつた。

鏡《かゞみ》が夫《それ》から夫《それ》へと順々に回《まは》つた時《とき》、叔父《をぢ》は是《こり》や鮮《あざ》やかだね、何《なん》でも見えると非道《ひど》く感心してゐた。叔父《をぢ》は人間《にんげん》社会の事《こと》に大抵通じてゐる所為《せゐ》か、万《よろづ》に高《たか》を括《くゝ》る癖《くせ》に、斯《こ》ういふ自然界の現象に襲はれるとぢき驚ろく性質《たち》なのである。自分は千代子から渡《わた》された鏡《かゞみ》を受《う》け取《と》つて、最後《ご》に一枚の硝子越《がらすごし》に海《うみ》の底《そこ》を眺《なが》めたが、かねて想像したと少《すこ》しも異《こと》なる所《ところ》のない極めて平凡な海《うみ》の底《そこ》が眼《め》に入《い》つた丈である。其所《そこ》には小《ち》さい岩《いは》が多少の凸凹を描《あが》いて一面に連《つら》なる間《あひだ》に、蒼黒《あをぐろ》い藻草《もくさ》が限《かぎ》りなく蔓延《はびこ》つてゐた。其藻草《もくさ》が恰《あたか》も生温《なまぬ》るい風に嬲《なぶ》られる様に、波《なみ》のうねりで静《しづ》かに又永久に細長《ほそなが》い茎《くき》を前後《ぜんご》に揺《うご》かした。

「市さん蛸《たこ》が見《み》えて」

「見えない」

僕は顔《かほ》を上《あ》げた。千代子は又首《くび》を突込《つゝこ》んだ。彼女の被《かぶ》つてゐたへなへなの麦藁《むぎわら》帽子の縁《ふち》が水《みづ》に浸《つか》つて、船頭に操《あや》つられる船《ふね》の勢《いきほひ》に逆《さか》らふ度《たび》に、可憐《かれん》な波《なみ》をちよろちよろ起《おこ》した。

叔父というのはあの多忙な男、田口であり、田口一家と須永の母子はいっしょに鎌倉に避暑（と言っても東京より暑い）に来ている。田口の妻と須永の母は驚いたことに実は姉妹なのだ。となると若い須永と千代子は血縁関係のようだが、真実のところは須永は亡き父が小間使に生ませた子であって、母はその生さぬ仲の須永を実の子以上に大事にして来たことがやがて判明する。

性格のややねじくれた、心理的に面倒な須永には、実際、『行人』の一郎と瓜二つのようなところがある。インテリの一郎は、長く一家に仕えている素朴なお手伝いのお貞のうちに、一つの安らぎを覚えるが、須永も鎌倉から東京へ戻って、少女の作《さく》を見て次のように感じる。「わが家の膳《いへ》に向《むか》つた時《とき》、給仕の為《ため》に黒《くろ》い丸盆《まるぼん》を膝《ひざ》の上《うへ》に置《お》いて、僕の前に畏《かし》こまつた作《さく》の姿《すがた》を見て、僕は今更の様に彼女と鎌倉にゐる姉妹《きやうだい》との相違を感じた。作《さく》は固《もと》より好《い》い器量の女《をんな》でも何《なん》でもなかつた。けれども僕の前に出て畏《かし》こまる事《こと》より外に何《なに》も知つてゐない彼女の姿《すがた》が、僕には如何《いか》に慎《つゝ》ましやかに如何に控目《ひかへめ》に、如何に女《をんな》として憐れ深く見えたらう。彼女は恋の何物であるかを考へるさへ、自分の身分では既に生意気過ぎると思ひ定めた様子で、大人しく坐《すは》つてゐたのである」。

やがて、須永の母を送りがてら、千代子も鎌倉から東京の須永の家にやって来る。須永はやっかんでいる高木の名を思わず口にして、そこで千代子の激情は爆発する。こうした人間らしい、生き生きした千代子を、のちに正宗白鳥は自らの漱石論で、漱石の描く女性の中でも特筆して推重している。

……彼女は突然物《もの》を衝《つ》き破《やぶ》つた風《ふう》に、「何故《なぜ》嫉妬《しつと》なさるんです」と云ひ切《き》つて、前《まへ》よりは劇《はげ》しく泣《な》き出《だ》した。僕はさつと血《ち》が顔《かほ》に上《のぼ》る時《とき》の熱《ほて》りを両方の頬《ほゝ》に感じた。彼女は殆んど夫《それ》を注意しないかの如《ごと》くに見えた。

「貴方《あなた》は卑怯です、徳義的に卑怯です。妾《あたし》が叔母《をば》さんと貴方《あなた》を鎌倉へ招待した料簡《(りようけん)》さへ貴方《あなた》は既に疑つて居《ゐ》らつしやる。それが既に卑怯です。が、それは問題ぢやありません。貴方《あなた》は他《ひと》の招待《だい》に応じて置きながら、何故《なぜ》平生《(へいぜい)》の様に愉快にして下《くだ》さる事《こと》が出来ないんです。妾《あたし》は貴方《あなた》を招待《だい》した為《ため》に恥《はぢ》を掻《か》いたも同じ事《こと》です。貴方《あなた》は妾《あたし》の宅《うち》の客《きやく》に侮辱を与《あた》へた結果、妾《あたし》にも侮辱を与《あた》へてゐます」

「侮辱を与へた覚《おぼえ》はない」

「あります。言葉《ことば》や仕打《しうち》は何《ど》うでも構《かま》はないんです。貴方《あなた》の態度《たいど》が侮辱を与へてゐるんです。態度《たいど》が与《あた》へてゐないでも、貴方《あなた》の心《こゝろ》が与へてゐるんです」

「そんな立ち入つた批評を受ける義務は僕にないよ」
「男は卑怯だから、さう云ふ下《くだ》らない挨拶が出来るんです。高木さんは紳士だから貴方《あなた》を容《い》れる雅量が幾何《いくら》でもあるのに、貴方は高木さんを容《い》れる事《こと》が決して出来ない。卑怯だからです」

須永は千代子からこんなにも激しい反撃を受けるが、『行人』の一郎よりはまだましかも知れないのである。一郎の妻の直《なほ》はただ黙って何一つ言い出さないからだ。直は何の反応も示さず、一郎から見れば不審に堪えない女なのだから。千代子と直はまったくタイプが違う。

「松本の話」の章になり、松本（漱石がモデル）は、須永の姉も田口の姉も、「僕と市蔵の性質があまり能《（よ）》く似てゐるので驚いてゐる」と言う。松本はこの二人の姉にとって「弟」に当たるわけだ。松本は須永（市蔵）をめぐって次のように述懐する。

「市蔵といふ男は世の中《なか》と接触する度《たび》に、内《うち》へとぐろを捲《ま》き込む性質《たち》である。だから一《ひと》つ刺戟を受けると、其刺戟が夫《（それ）》から夫へと廻転して、段々深く細かく心の奥に喰《く》ひ込んで行く。さうして何処《どこ》迄喰《く》ひ込んで行《い》つても際限を知らない同じ作用が連続して、彼を苦しめる。仕舞《（しまい）》には何《ど》うかして此内面の活動から逃《のが》れたいと祈《いの》る位に気を悩《なや》ますのだけれども、自分の力《ちから》では如何《いかん》ともすべからざる呪《のろ》ひの如くに引つ張《ば》られて行く。さうして何時《いつ》か此《この》努力の為《ため》に斃《（たお）》れなければならない、たつた一人《ひとり》で斃れなければならないといふ怖れを抱《いだ》くやうになる。さうして気狂《きちがひ》の様に疲《つか》れる。是が市蔵の命根《めいこん》に横《よこた》はる一大不幸である。この不幸を転じて幸とするには、内《うち》へ内《うち》へと向《む》く彼の命《いのち》の方向を逆《ぎやく》にして、外《そと》へとぐろを捲《ま》き出させるより外《ほか》に仕方《しかた》がない。外《そと》にある物《もの》を頭《あたま》へ運び込むために眼《め》を使《つか》ふ代りに、頭《あたま》で外《そと》にある物を眺《なが》める心持で眼《め》を使《つか》ふやうにしなければならない。天下にたつた一《ひと》つで好《い》いから、自分の心を奪ひ取るやうな偉《えら》いものか、美《うつ》くしいものか、優《やさ》しいものか、を見出《みいだ》さなければならない」

このあたり『行人』の最後のところで、兄の一郎と旅に出たHさんによる一郎への観察とそっくりだ。須永と漱石と一郎の性格はどこかしらよく似ていると思われ、彼らのそうした性格からの脱却は、どうやら「外へ」向かうというところにしかないらしい。萩原朔太郎にしきりに「ニーチェ、ニーチェ」と説かれて、ニーチェの山に登るのは止めて野原を歩くことを選んだ詩人西脇順三郎の転身が思い起こされる。西脇はしきりに深沢や用賀をさまよい、名もない花に、雑草に、曲った生垣に眼を向けて救われる。「救われる」とは西脇は言葉にしていないが。

こうして須永も一郎も、やがて旅に出る。

3

梅田《うめだ》の停車場《ステーシヨン》を下《お》りるや否《いな》や自分《じぶん》は母《はゝ》から云《い》ひ付《つ》けられた通《とほ》り、すぐ俥《くるま》を雇《やと》つて岡田《をかだ》の家《いへ》に馳《か》けさせた。岡田《をかだ》は母方《はゝかた》の遠《とほ》い縁《えん》に当《あた》る男《をとこ》であつた。自分《じぶん》は彼《かれ》が果《はた》して母《はゝ》の何《なに》に当《あた》るかを知《し》らずに唯疎《たゞうと》い親類《しんるゐ》とばかり覚《おぼ》えてゐた。

『行人』はここから始まる。

「自分」というのはこの小説の語り手たる一郎の弟、二郎である。

岡田は子供はいないので、お兼《かね》さんという女房と二人、仲良く暮している。二郎は「君《きみ》とお兼《かね》さんとは大変仲《たいへんなか》が好《い》いやうですね」と言う。事実、酒好きですぐハメを外す大阪の勤め人の岡田とその妻は、平凡だが仲睦じい暮らしを営んでいる。

「おいお兼《かね》とう〳〵絞《しぼ》りのが咲《さ》き出《だ》したぜ。一寸来《ちよいとき》て御覧《ごらん》」

自分は時計《とけい》を見《み》て、腹這《はらばひ》になつた。さうして燐寸《マツチ》を擦《すつ》て、敷島《しきしま》へ火を点《つ》けながら、暗《あん》にお兼《かね》さんの返事《へんじ》を待《ま》ち構《かま》へた。けれどもお兼《かね》さんの声《こゑ》は丸《まる》で聞《きこ》えなかつた。岡田は「おい」「おいお兼《かね》」を又《また》二三度繰返《どくりかへ》した。やがて、「せわしない方ね、貴方《あなた》は。今朝顔《いまあさがほ》どころぢやないわ、台所《だいどころ》が忙《いそが》しくつて」といふ言葉《ことば》が手《て》に取《と》るやうに聞《き》こえた。お兼《かね》さんは勝手《かつて》から出《で》て来《き》て座敷《ざしき》の縁側《えんがは》に立つてゐるらしい。

「それでも綺麗《きれい》ね。咲《さ》いて見《み》ると。――金魚《きんぎよ》はどうして」

「金魚《きんぎよ》は泳いでゐるがね。どうも此方《このはう》は六《む》づかしいらしい」

すすめられるままに二郎が、とうとう岡田の家へ泊った翌朝の二人である。六畳の二階の蚊帳《かや》の中にまだ二郎は腹這いになっている。二郎は兄の一郎に較べれば、はるかに単純な、まっすぐな男である。どうやら金魚は死にかかっているらしい。

この、教養らしい教養もない平凡な岡田夫婦は、『行人』全体の中でも安心できる数少ない二人の男女である。この二人の知人の佐野（やはり大阪に住む）のところへ、やがて嫁いでくるお貞は、一郎夫婦や二郎や、その父母や、兄弟の妹のお重《しげ》の住む東京の家で長年お手伝いをしている女である。岡田夫婦や、同様にお貞が小説に出て来ると、その平凡さに読む者はホッとした気分になる。

一郎の友人のHさんは別として、すべての人物が疑心暗鬼で、お互いの信頼もあやふやなままに（とくに一郎とその妻の直《なほ》）、それでいて心の通い合いを求めて『行人』という舞台の上で苦しんでいる。まあノンキとしていい岡田夫婦と、ピリピリした一郎夫婦ほど異質な存在はない。

他の登場人物――二郎の友だちの三沢にしても、三沢の気にする狂った若い女も、やがてエピソードとして出て来る昔の男の真実を知ろうとする子持ちの盲目の女も、みなそれぞれの狂気のうちに生きている。『行人』は苦しい小説だ。

一郎とその妻の直《なほ》（二郎の嫂）と二郎のかかわりについては、この小説をすでに三、四度も読んだことのある今も、ハキとは摑むことができず、奇妙に二人の心がつながっているのはわかるにせよ（二郎のほうが一郎より先に直と知り合いだった）、半ば霧か靄につつまれたままだ。

急がず、少しずつ小説『行人』の世界に参入することにしよう。

二郎は大阪で、東京での親しい友だち、Hさんの教え子でもある三沢と落ち合うことになっているが、なかなかその三沢から連絡が来ない。やっとのこと、岡田の家気付《きづけ》で手紙が届いたが、何と三沢は病院に入院しているという。漱石は前述のように明治四十四年八月、関西各地で講演をした直後、胃潰瘍が再発、大阪の湯川胃腸病院に入院し、その時の病院の光景がここで使われていると思われる。

湯川病院はのちのノーベル賞の湯川博士とかかわりがあるとのことを最近知った。

「三階《かい》の光景《くわうけい》が当分《たうぶん》眼《め》を離《はな》れないだらう」と自分《じぶん》は彼《かれ》の顔《かほ》を見《み》た。

「思《おも》ひも寄《よ》らない経験《けいけん》をした。是《これ》も何《なに》かの因縁《いんえん》だらう」と三沢《みさは》も自分《じぶん》の顔《かほ》を見《み》た。

彼《かれ》は手《て》を叩《たゝ》いて、下女《げぢよ》を呼《よ》んで今夜《こんや》の急行列車《きふかうれつしや》の寝台《しんだい》を注文《ちうもん》した。それから時計《とけい》を出《だ》して、食事《しよくじ》を済《す》ました後《あと》、時間《じかん》に何《ど》の位《くらゐ》余裕《よいう》があるかを見《み》た。窮屈《きうくつ》に馴《な》れない二人《ふたり》はやがて転《ごろ》りと横《よこ》になつた。

「あの女《をんな》は癒《なほ》りさうなのか」

「さうさな。殊《こと》によると癒《なほ》るかも知《し》れないが……」

三沢は同じ病院に入院中の、ともに痛飲したことがある、多分芸妓と思われる、やはり胃腸の病気で重症の女のことを考えている。「三階の光景」というのがそれだ。三沢は退院しても、その直前に見舞った「女」のことを考えている。

「まだ考《かんが》へてゐる」と自分《じぶん》は大《おほ》きな声《こゑ》を出《だ》してわざと叫《さけ》んだ。三沢《みさは》は驚《おどろ》いて自分《じぶん》を見《み》た。彼《かれ》は斯《か》ういふ場合《ばあひ》にきつと、御前《おまへ》はヴルガーだと云《い》ふ眼付《めつき》をして、一瞥《べつ》の侮辱《ぶじよく》を自分《じぶん》に与《あた》へなければ承知《しようち》しなかつたが、此時《このとき》に限《かぎ》つてそんな様子《やうす》はちつとも見《み》せなかつた。

「うん考《かんが》へてゐる」と軽《かる》く云《い》つた。「君《きみ》に打《う》ち明《あ》けようか、打《う》ち明《あ》けまいかと迷《まよ》つてゐた所《ところ》だ」と云《い》つた。

『行人』という小説は「友達」「兄」「帰つてから」「塵労」の四つのパートに分かれているが、「友達」の章の最後の数ページのところを、今引用している。友達とは三沢のことである。三沢には以前にも、愛する狂気の女がいた。この小説『行人』に出て来る最初の狂気の人間である。

自分《じぶん》は其時彼《そのときかれ》から妙《めう》な話《はなし》を聞《き》いた。さうして其話《そのはなし》が直接《ちよくせつ》「あの女《をんな》」と何《なん》の関係《くわんけい》もなかつたので猶更《なほさら》意外《いぐわい》の感《かん》に打《う》たれた。

今《いま》から五六年前彼《ねんまえかれ》の父《ちゝ》がある知人《ちじん》の娘《むすめ》を同《おな》じくある知人《ちじん》の家《いへ》に嫁《か》した事《こと》があつた。不幸《ふかう》にも其娘《そのむすめ》さんはある纏綿《てんめん》した事情《じじやう》のために、一年経《ねんた》つか経《た》たないうちに、夫《をつと》の家《いへ》を出《で》る事《こと》になつた。けれども其処《そこ》にも亦複雑《またふくざつ》な事情《じじやう》があつて、すぐ吾家《わがいへ》に引取《ひきと》られて行《ゆ》く訳《わけ》に行《ゆ》かなかつた。それで三《み》沢《さは》の父《ちゝ》が仲人《なかうど》といふ義理合《ぎりあひ》から当分此娘《たうぶんこのむすめ》さんを預《あづ》かる事《こと》になつた。――三沢《みさは》は一旦《たんとつ》嫁いで出《で》て来《き》た女《をんな》を娘《むすめ》さん〳〵と云《い》つた。

「其娘《そのむすめ》さんは余《あま》り心配《しんぱい》した為《ため》だらう、少《すこ》し精神《せいしん》に異状《いじやう》を呈《てい》してゐた。それは宅《うち》へ来《く》る前《まへ》か、或《あるひ》は来《き》てから能《よ》く分《わか》らないが、兎《と》に角宅《かくうち》のものが気《き》が付《つ》いたのは来《き》てから少《すこ》し経《た》つてからだ。固《もと》より精神《せいしん》に異状《いじやう》を呈《てい》してゐるには相違《さうゐ》なからうが、一寸見《ちよつとみ》たつて少《すこ》しも分《わか》らない。たゞ黙《だま》つて鬱《ふさ》ぎ込《こ》んでゐる丈《だけ》なんだから。所《ところ》が其娘《そのむすめ》さんが……」

三沢はここまで来《き》て少し躊躇《ちうちよ》する。

「其娘《そのむすめ》さんが可笑《をか》しな話《はなし》をするやうだけれども、僕《ぼく》が外出《ぐわいしゆつ》すると屹度玄関《きつとげんくわん》迄送《までおく》つて出《で》る。いくら隠《かく》れて出《で》ようとしても屹度送《きつとおく》つて出《で》る。さうして必《かなら》ず、早《はや》く帰《かへ》つて来《き》て頂戴《ちやうだい》ねと云《い》ふ。僕《ぼく》がえゝ早《はや》く帰《かへ》りますから大人《おとな》しくして待《ま》つて居《ゐ》らつしやいと返事《へんじ》をすれば合点《がつてん》〳〵をする。もし黙《だま》つてゐると、早《はや》く帰《かへ》つて来《き》て頂戴《ちやうだい》ね、ね、と何度《なんど》でも繰返《くりかへ》す。僕《ぼく》は宅《うち》のものに対《たい》して極《きま》りが悪《わる》くつて仕《し》様《やう》がなかつた。けれども亦此娘《またこのむすめ》さんが不憫《ふびん》で堪《た》まらなかつた。だから外出《ぐわいしゆつ》しても成《な》るべく早《はや》く帰《かへ》る様《やう》に心掛《こゝろが》けてゐた。帰《かへ》ると其人《そのひと》の傍《そば》へ行《い》つて、立《た》つた儘只今《まゝたゞいま》と一言《ひとこと》必《かなら》ず云《い》ふ事《こと》にしてゐた」

実に可憐な女だと、引用しながら思わずにはいられない。

「それ程君《ほどきみ》は其娘《そのむすめ》さんが気《き》に入《い》つてたのか」と二郎は三沢に聞く。「気《き》に入《い》るやうになつたのさ。病《びやう》気《き》が悪《わる》くなればなる程《ほど》」「それから。――其娘《そのむすめ》さんは」「死んだ。病院《びやうゐん》へ入《はい》つて」。そのあとに三沢は次のように叫んだ。

「あゝ肝心《かんじん》の事《こと》を忘《わす》れた」

それから三沢は次のように続けたのである。「あの女」というのは先ほどの大阪の胃腸病院にいた今にも死にそうな若い女のことである。

「あの女《をんな》の顔《かほ》がね、実《じつ》は其娘《そのむすめ》さんに好《よ》く似《に》て居《ゐ》るんだよ」

三沢《みさは》の口元《くちもと》には解《わか》つたらうと云《い》ふ一種《しゆ》の微笑《びせう》が見《み》えた。二人《ふたり》はそれからぢきに梅田《うめだ》の停車場《ステーション》へ俥《くるま》を急《いそ》がした。場内《ぢやうない》は急行《きふかう》を待《ま》つ乗客《じようかく》で既《すで》に一杯《ばい》になつてゐた。二人《ふたり》は橋《はし》を向《むか》ふへ渡《わた》つて上《のぼ》り列車《れつしや》を待《ま》ち合《あ》はせた。列車《れつしや》は十分《ぷん》と立《た》たないうちに地《ぢ》を動《うご》かして来《き》た。

大阪に来ていた一郎、二郎の一家は、折角大阪まで来たのだからというので、汽車で和歌山の見物に行く。母と嫂《あによめ》は、物珍しそうに窓の外の田舎めいた景色を「賞《しやう》し合《あ》つた」。「ことに汽車《きしや》が海岸近《かいがんちか》くを走《はし》るときは、松《まつ》の緑《みどり》と海《うみ》の藍《あゐ》とで、煙《けぶり》に疲《つか》れた眼《め》に爽《さわや》かな青色《あをいろ》を射返《いかへ》した。木陰《こかげ》から出《で》たり隠《かく》れたりする屋根瓦《やねがはら》の積《つ》み方《かた》も東京地方《とうきやうちはう》のものには珍《めづ》らしかつた」

こんなのどかな海辺を汽車に揺られて行きながら、二郎は兄に、友だちの三沢が告白した、精神を病む娘さんの話を持ち出す。

「すると兄《あに》は急《きふ》に気乗《きの》りのした様《やう》な顔《かほ》をして、〈其話《そのはなし》なら己《おれ》も聞《き》いて知《し》つてゐる。三沢《みさは》が其女《そのをんな》の死《し》んだとき、冷《つめ》たい額《ひたひ》へ接吻《せつぷん》したといふ話《はなし》だらう〉と云《い》つた」。

「接吻」という言葉はいつ頃から文学作品で使われ始めたのか。紅葉や露伴にはいかにもありそうだが、いずれにしてもこの時代（明治末）にあっては、今日の文芸作品とは異なって、まだまだ珍しく、刺激的な印象を読者に与えたであろう。

「だつて三沢《みさは》が只《たつ》た一人《ひとり》で其娘《そのむすめ》さんの死骸《しがい》の傍《そば》にゐる筈《はず》がないと思《おも》ひますがね。もし誰《たれ》もそばに居《ゐ》ない時接吻《ときせつぷん》したとすると」

「だから知《し》らんと断《ことわ》つてるぢやないか」

自分《じぶん》は黙《だま》つて考《かんが》へ込《こ》んだ。

「一体兄《たいにい》さんは何《ど》うして、其《そ》んな話《はなし》を知《し》つてるんです」

「Hから聞《き》いた」

Hとは兄の同僚で、三沢を教えた男だった。

「其《その》Hは三沢《みさは》の保証人《ほしようにん》だつたから、少しは関係《くわんけい》の深《ふか》い間柄《あひだがら》なんだらうけれども、何《ど》うして斯《こ》んな際《きは》どい話《はなし》を聞《き》き込《こ》んで、兄《あに》に伝《つた》へたものだらうか、夫《それ》は彼《かれ》も知《し》らなかつた」

「兄《にい》さんは何故《なぜ》又《また》今日《けふ》迄《まで》其話《そのはなし》を為《し》ずに黙《だま》つてゐたんです」と自分《じぶん》は最後《さいご》に兄《あに》に聞《き》いた。兄《あに》は苦《にが》い顔《かほ》をして、「する必要《ひつえう》がないからさ」と答《こた》へた。自分《じぶん》は様子《やうす》によつたらもつと肉薄《にくはく》して見《み》ようかと思つてゐるうちに汽車《きしや》が着《つ》いた。

その日、旅館に着いて風呂から上ったあと、兄は二郎に、「もし其女《そのをんな》が果《はた》して左右《さう》いふ種類《しゆるゐ》の精神《せいしん》病患者《びやうくわんじや》だとすると、凡《すべ》て世間並《せけんなみ》の責任《せきにん》は其女《そのをんな》の頭《あたま》の中《なか》から消《き》えて無《な》くなつて仕舞《しま》ふに違《ちがひ》なからう。消《き》えて無《な》くなれば、胸《むね》に浮《うか》んだ事《こと》なら何《なん》でも構《かま》はず露骨《ろこつ》に云《い》へるだらう。さうすると、其女《そのをんな》の三沢《みさは》に云《い》つた言葉《ことば》は、普通《ふつう》我々《われ〳〵》が口《くち》にする好《い》い加減《かげん》な挨拶《あいさつ》よりも遥《はるか》に誠《まこと》の籠《こも》つた純粋《じゆんすゐ》のものぢやなからうか」と言う。兄は「噫々《あゝ〳〵》女《をんな》も気狂《きちがひ》にして見《み》なくつちや、本体《ほんたい》は到底《たうてい》解《わか》らないのかな」と言って苦しい溜息を洩らした。

こんなことを語る兄の一郎は、言葉少ない妻の直《なほ》の気持ち、あるいは魂の本体が掴めないで悩んでいるわけだ。その一郎は三沢の魅かれた狂った「娘さん」は、心の本体のところを純粋に表わしているのではないかと本気で考えているのである。

二人は翌日、紀三井寺の権現《ごんげん》の拝殿に登る。そこで一郎は驚くべきことを口にする。

「実《じつ》はお直《なほ》の事《こと》だがね」兄《あに》は甚《はなは》だ云《い》ひ悪《にく》い所《ところ》をやつと云《い》ひ切《き》つたといふ風《ふう》に見《み》えた。自分《じぶん》は「お直《なほ》」といふ言葉《ことば》を聞《き》くや否《いな》や冷《ひや》りとした。兄夫婦《あにふうふ》の間柄《あひだがら》は母《はゝ》が自分《じぶん》に訴《うつた》へた通《とほ》り、自分《じぶん》にも大抵《たいてい》は呑《の》み込《こ》めてゐた。さうして母《はゝ》に約束《やくそく》した如《ごと》く、自分《じぶん》は何時《いつ》か折《をり》を見《み》て、嫂《あによめ》に腹《はら》の中《なか》をとつくり聴糺《きゝたゞ》した上《うへ》、此方《こつち》から其知識《そのちしき》をもつて、積極的《せききよくてき》に兄《あに》に向《むか》はうと思《おも》つてゐた。それを自分《じぶん》が遣《や》らないうちに、若《も》し兄《あに》から先《せん》を越《こ》されでもすると困《こま》るので、自分《じぶん》はひそかに其処《そこ》を心配《しんぱい》してゐた。実《じつ》を云《い》ふと、今朝《けさ》兄《あに》から「二郎《じらう》、二人《ふたり》で行《い》かう、二人限《ふたりぎり》で」と云《い》はれた時《とき》、自分《じぶん》は或《あるひ》は此問題《このもんだい》が出《で》るのではあるまいかと掛念《けねん》して自《おのづ》と厭《いや》になつたのである。

「嫂《ねえ》さんが何《ど》うかしたんですか」と自分《じぶん》は已《やむ》を得《え》ず兄《あに》に聞《き》き返《かへ》した。

「お直《なほ》は御前《おまへ》に惚《ほれ》てるんぢやないか」

兄《あに》の言葉《ことば》は突然《とつぜん》であつた。且《かつ》普通《ふつう》兄《あに》の有《も》つてゐる品格《ひんかく》にあたひしなかつた。

二郎はあれこれ迷ったあとに言う。

「他《ひと》の心《こゝろ》なんて、いくら学問《がくもん》をしたつて、研究《けんきう》をしたつて、解《わか》りつこないだらうと僕《ぼく》は思《おも》ふんです。

兄《にい》さんは僕《ぼく》よりも偉《えら》い学者《がくしや》だから固《もと》より其処《そこ》に気《き》が付《つ》いて居《ゐ》らつしやるでせうけれども、いくら親《した》しい親子《おやこ》だつて兄弟《きやうだい》だつて、心《こゝろ》と心《こゝろ》は只《たゞ》通《つう》じてゐるやうな気持《きもち》がする丈《だけ》で、実際向《じつさいむか》ふと此方《こつち》とは身体《からだ》が離《はな》れてゐる通《とほ》り心《こゝろ》も離《はな》れてゐるんだから仕様《しやう》がないぢやありませんか」

兄は学者らしくイギリスの文学者メレヂスの名などを持ち出し、「自分は女の容貌に満足する人を見ると羨ましい。女の肉に満足する人を見ても羨ましい。ところが自分はどうあつても女の魂というかスピリットをつかまねば満足できない」という書簡が残っているとし、「あゝ己《おれ》は何《ど》うしても信《しん》じられない。何《ど》うしても信《しん》じられない。たゞ考《かんが》へて、考《かんが》へて、考《かんが》へる丈《だけ》だ。二郎《らう》、何《ど》うか己《おれ》を信《しん》じられる様《やう》にして呉《く》れ」と言う。

すでにこの小説を読んでいて、一郎の行動や行為を知悉している読者は別として、ここまでのところを初めて眼にした人は、一郎に同情するよりもむしろ反撥し、うんざりもするのではあるまいか。それが普通人の感覚である。多くの人はもう少しノンキに、ことを突き詰めることなく、明日もまた今日と同じと思って生きている。女房なんて空気のようなものさ、と口にする男はざらにいる。しかし人間というものは心のうちに、一匹の、不安と疑心暗鬼の虫もまた飼っているものなのだ。作者漱石は、自分の内面の狂気、精神の内へ内へととぐろを巻く果てしない運動をあくまでも見きわめようとするかのように、なおも一郎の気違いじみたとしか思われない言動へと記述を進めるのだ。

「夫《それ》では打《う》ち明《あ》けるが、実《じつ》は直《なほ》の節操《せつさう》を御前《おまへ》に試《ため》して貰ひたいのだ」

自分《じぶん》は「節操《せつさう》を試《ため》す」といふ言葉《ことば》を聞《き》いた時《とき》、本当《ほんたう》に驚《おどろ》いた。（中略）

「姉《ねえ》さんの節操《せつさう》を試《ため》すなんて、――其《そ》んな事《こと》は廃《よ》した方《はう》が好《い》いでせう」

「何故《なぜ》」

「何故《なぜ》つて、余《あん》まり馬鹿《ばか》らしいぢやありませんか」

「何《なに》が馬鹿《ばか》らしい」

「馬鹿《ばか》らしかないかも知《し》れないが、必要《ひつえう》がないぢやありませんか」

「必要《ひつえう》があるから頼むんだ」

自分《じぶん》は少時《しばらく》黙《だま》つてゐた。広《ひろ》い境内《けいだい》には参詣人《さんけいにん》の影《かげ》も見《み》えないので、四辺《あたり》は存外《ぞんぐわい》静《しづか》であつた。自分《じぶん》は其処《そこ》いらを見廻《みまは》して、最後《さいご》に我々《われ〳〵》二人《ふたり》の淋《さび》しい姿《すがた》を其《その》一隅《ぐう》に見出《みいだ》した時《とき》、薄気味《うすきみ》の悪《わる》い心持《こゝろもち》がした。

「試《ため》すつて、何《ど》うすれば試《ため》されるんです」

「御前《おまへ》と直《なほ》が二人《ふたり》で和歌山《わかやま》へ行《い》つて一晩《ひとばん》泊《とま》つて呉《く》れゝば好《い》いんだ」

小説『行人』はここから更に紆余曲折があり変化に富むが、このあとは読者がじかに作品に立ち向かってくれることを期待しよう。

4

とは言え、『行人』の一郎については、これですますわけには行かない。漱石が亡くなったのは一九一六年（大正五）だった。その翌年の一七年に、最初の詩集『月に吠える』を世に問うた、まだ若い詩人萩原朔太郎の書簡に小説『行人』への言及があるので、それを検討してみることにしたい。

ついでに言えば、朔太郎には漱石論といったものはない。エッセイで彼がしばしば名をあげた作家は（「日本で文学者といふ敬称に価し得る作家」といった言い回しは朔太郎の得意とするところである）、鷗外のほか、島崎藤村、佐藤春夫、谷崎潤一郎、正宗白鳥、そして芥川である。漱石の場合はわずかに「変り種の文学者と日本の文壇」というごく晩年の評論で、「佐藤春夫や正宗白鳥や、それから夏目漱石でさへも、日本文壇では漂流人であり、真に寂しい〈独りぼつち〉の孤独人であつた」と、その名を挙げているだけなのではあるまいか。しかしそうかと言って朔太郎が漱石を読んだことがないというわけではない。漱石の死の翌年であり、詩集『月に吠える』刊行の年でもある大正六年、朔太郎は前橋在住の詩人高橋元吉《もときち》宛の手紙で、『行人』に触れながら次のように書いているのである。『行人』の一郎の問題は、そのまま若い頃に神経症に苦しんだ朔太郎の問題なのであった。

「……〈こうしては居られない、何かしなければならない、併し何をしてよいか分らない〉これです。この声が我々にとつていちばん恐ろしい声なのです。明らさまに云ふと我々は理想も目的も持たないのです。あなたも多分私と同じだらうと思ひます。時に私はかうした近代病の苦悩《ママ》のために世の何ぴとよりも烈しくやられて居るのです。私は中学を卒業するときから此の病気にかかつたのです。多くの友人たちが、希望にかがやいて未来を語り合つて居るときに私一人は教室の隅で黙つて陰気な顔をして居ました」（『萩原朔太郎全書簡集』）

『行人』の主人公、一郎は、弟二郎のはからいによって、「大悠の人」Hさんと伊豆旅行に出掛けるが、Hさんは二郎の希望どおり、旅行中の一郎の様子を長い手紙に書くのだ。そこでHさんは次のように説いている。「兄《にい》さんは書物《しよもつ》を読《よ》んでも、理窟《りくつ》を考《かんが》へても、飯《めし》を食《く》つても、散歩《さんぽ》をしても、二六時中《じちう》何《なに》をしても、其処《そこ》に安住《あんぢう》する事《こと》が出来《でき》ないのださうです。何《なに》をしても、こんな事《こと》をしてはゐられないといふ気分《きぶん》に追《お》ひ懸《か》けられるのださうです」。

朔太郎はまさに、この一郎の神経を病んでいた。前橋の有名医院を開業していた父の密蔵は、何としても息子を医者にしたがっていて、その父との葛藤が酷いまでのものだったことは、この七月に亡くなった朔太郎の長女、萩原葉子の著作でも知ることができる。

「〈何でもいいから目的を立てろ〉父はかう言つて絶えず私を責めました。実際私にはその目的が見つからなかつたのです。友人たちは私のために芸術家といふ見立てをしてくれました。併し私の考では芸術は人間の目的ではなかつたのです。〈人間として為すべき仕事〉（特に男子として）それを私は求めました。そして遂に何物をも発見することができませんでした」。こうした手紙の文句はそのまま左に引くような、『行人』の一郎がHさんに語った内容そのままなのではあるまいか。

〈自分《じぶん》のしてゐる事《こと》が、自分《じぶん》の目的《エンド》になつてゐない程苦《ほどくる》しい事《こと》はない〉と兄《にい》さんは云《い》ひます。
〈目的《エンド》でなくつても方便《ミインズ》になれば好《い》いぢやないか〉と私《わたくし》が云《い》ひます。
〈それは結構《けつこう》である。ある目的《エンド》があればこそ、方便《ミインズ》が定《さだ》められるのだから〉と兄《にい》さんが答《こた》へます。

　朔太郎は手紙の中の次の個所を書いた時、漱石の講演「道楽と職業」を想起したかも知れない。
「その後他から強ひられていやいやながら高等学校に入りましたが私は全く学科を軽辱《ママ》しました。何故かといふに私は特に文学を卑《いやし》んで居たからです、〈文学は道楽にすぎない、それは恥づべき職業である〉当時に於ける私の考はかうでした」。

　朔太郎は遠い前橋から岡山にあった旧制第六高等学校にも入っている。内田百閒も当時の生徒で、朔太郎は百閒も入っていた峠の茶屋句会に顔を出したこともあったという。第二次大戦の敗戦直後にわたしも同じ高校に入ったが、朔太郎の在籍をとりわけ誇りとする先生も生徒も一人もいなかった。六高はあくまで実業に進んだ永野兄弟らを誇りとしていた。

　朔太郎は続ける。

「そして今に至るまで私は何の理想も目的も見出すことができません、しかも目的なしに生きてゐることがどんなに辛いことかといふことはあなたも御推察になることと思ひます、しかも、幸か不幸か、私は生活のために労働する必要がないのです、従つてその労働にまぎれて、さうした苦脳《ママ》を忘れるといふ時間が私にはないのです、朝から晩まで私を悩み苦しめるものはただこの一つの思想

です、
〈何のために？〉
〈何の目的で？　お前は生きて居るのだ？〉
これです、」

『行人』の一郎は、「たゞ不安《ふあん》なのです。従《したが》つて凝《ぢつ》としてゐられない」と言い止まない、「美的《びてき》にも倫《りん》理的《りてき》にも、智的《ちてき》にも鋭敏《えいびん》過《す》ぎて、つまり自分《じぶん》を苦《くる》しめに生《うま》れて来《き》たやうな」人物だった。一郎はHさんに向かって次のように告白する。「君《きみ》の恐《おそ》ろしいといふのは、恐《おそ》ろしいといふ言葉《ことば》を使《つか》つても差支《さしつかへ》ないといふ意味《いみ》だらう。実際《じつさい》恐《おそ》ろしいんぢやないだらう。つまり頭《あたま》の恐《おそ》ろしさに過《す》ぎないんだらう。僕《ぼく》のは違《ちが》ふ。僕《ぼく》のは心臓《しんざう》の恐《おそ》ろしさだ。脈《みやく》を打《う》つ活《い》きた恐《おそ》ろしさだ」。「要《えう》するに僕《ぼく》は人間《にんげん》全体《ぜんたい》の不安《ふあん》を、自分《じぶん》一人《ひとり》に集《あつ》めて、そのまた不安《ふあん》を、一刻《こく》一分《ぷん》の短時間《たんじかん》に煮詰《につ》めた恐《おそ》ろしさを経験《けいけん》してゐる」。

この一郎の「恐ろしさ」は、しばしばウツ状態に悩んだ漱石自身の感覚から発したものに相違ない。そして同じような、とりわけ尖ったものへの「恐ろしさ」を朔太郎が経験していたことは、『月に吠える』や「浄罪詩篇ノオト」によっても明らかだろう。

一郎は「死《し》ぬか、気《き》が違《ちが》ふか、夫《それ》でなければ宗教《しうけう》に入《い》るか。僕《ぼく》の前途《ぜんと》には此三《このみつ》つのものしかない」と思いつめるが、宗教に入ることも不可能だ。ただ彼は、「善も悪もなく」、「何も考《かんが》へてゐない人《ひと》の顔《かほ》が一番《いちばん》気高《けだか》い」という実感だけは信じている。一郎の親友であるHさんは次のように二郎に向かって書くのである。「私《わたくし》は天下《てんか》にありとあらゆる芸術品《げいじゆつひん》、高山大河《かうざんたいが》、もしくは美人《びじん》、何《なん》でも構《かま》はないから、兄《にい》さんの心《こゝろ》を悉皆奪《しつかいうば》ひ尽《つく》して、少しの研究的態度《けんきうてきたいど》も萌《きざ》し得《え》ない程《ほど》なものを、兄《にい》さんに与《あた》へたいのです」。

こうした考え方はボードレールの散文詩にある「酔っていなくてはならない、何にでも」の思想態度とかなり類似したものとしていい。

『行人』は大正元年（一九一二）十二月から、翌大正二年（一九一三）十一月まで朝日新聞に連載されたが、この時朔太郎は「夜汽車」など最初期の「愛憐詩篇」の詩を書き始めていた。また、大正三年末からは、緊張にうち震《ふる》えるような「浄罪詩篇」の形成期に入っていた。

この『行人』の一郎の気分は、また芥川のそれでもなければならなかった。いま読もうとしても、『行人』のように読む者を引き込むことは難しいが、広津和郎の中篇「神経病時代」（『月に吠える』と同年発表）の主人公も、「俺には一体何の目的があるのだらう？ 俺たちの家庭には何の理想があるのだらう?・」と、やはり『行人』の一郎にも似た堂々めぐりの苦しい自問を繰り返していた。

やがてダダイズムの詩が出てきたのはその五、六年後のことである。ヨーロッパやアメリカでダダが登場したのは第一次大戦中の一九一五、六年ごろだが、萩原恭次郎らが雑誌「赤と黒」によって、高橋新吉が『ダダイスト新吉の詩』によって登場したのは、震災の年、大正十二年（一九二三）になってからである。朔太郎はのちにつよくシュルレアリスムに反撥したが、彼らのダダイズムにも決してよい顔は見せなかった。それでいて彼らは「殆んど或る程度まで極めてよく僕と類似して居る」と朔太郎は認めているのであって、そのあたりはどうも不可解である。思うにダダイズムは、たとえて言うなら『行人』の一郎が、観念で望んではいても、その知性や理性のために不可能であった「絶対」把握を、一挙に、一切破壊、一切否定的に（時には叫びのうちに、狂乱のうちに）把握しようとするものだったとしてもいいが、朔太郎にはそのあたりへの同情ないし共感がいかにも欠けていた。

「兄《にい》さんは時々《ときぐ》立《た》ち留《ど》まつて茂《しげ》みの中に咲《さ》いてゐる百合《ゆり》を眺《なが》めました。一度《いちど》などは白《しろ》い花片《はなびら》をとくに指《ゆび》さして、〈あれは僕《ぼく》の所有《しよいう》だ〉と断《ことわ》りました。私《わたくし》にはそれが何《なん》の意味《いみ》だか解《わか》りませんでしたが、別《べつ》に聞《き》き返《かへ》す気《き》も起《おこ》らずに、とう〳〵天辺迄上《てつぺんまでのぼ》りました。二人で其処《そこ》にある茶屋《ちやや》に休《やす》んだ時《とき》、兄《にい》さんは又足《またあし》の下《した》に見《み》える森《もり》だの谷《たに》だのを指《さ》して、〈あれ等《ら》も悉《ことぐ》く僕《ぼく》の所有《しよいう》だ〉と云《い》ひました」。

この兄、一郎は、「大抵なものを失つてゐる」と痛感しているがゆえに、なおいっそう一切所有の観念にも狂おしく憑かれているのである。「君の心と僕の心とは一体何処迄《（どこまで）》通じてゐて、何処から離れてゐるのだらう」とも言う一郎の悩みは、同時に朔太郎の悩みでもあったが、ほかならぬダダイズムの問題でもあった。日本のダダは各個バラバラで力弱いものではあったが（ヨーロッパ・ダダのグループには美少女もいたと、いつか三十代の吉行淳之介に話して、彼がひどく喜んだことがあった。彼はダダの詩人だった父エイスケの残したパンフレット類を大事に保存していた）、高橋新吉らはその「絶対」の問題に確かに触れ得てはいたのである。

「兄《にい》さんは純粋《じゆんすゐ》に心《こゝろ》の落《お》ち付《つ》きを得《え》た人《ひと》は、求《もと》めないでも自然《しぜん》に此境地《このきやうち》に入《はい》れるべきだと云《い》ひます。一度此境界《ひとたびこのきやうがい》に入《はい》れば天地《てんち》も万有《ばんいう》も、凡《すべ》ての対象《たいしやう》といふものが悉《ことごと》くなくなつて、唯自分丈《たゞじぶんだけ》が存《そん》在《ざい》するのだと云《い》ひます。さうして其時《そのとき》の自分《じぶん》は有《ある》とも無《な》いとも片《かた》の付《つ》かないものだと云《い》ひます。偉《ゐ》大《だい》なやうな又微細《またびさい》なやうなものだと云《い》ひます。何《なん》とも名《な》の付《つ》け様《やう》のないものだと云《い》ひます。即《すなは》ち絶対《ぜつたい》だと云《い》ひます。さうして其絶対《そのぜつたい》を経験《けいけん》してゐる人《ひと》が、俄然《がぜん》として半鐘《はんしよう》の音《おと》を聞《き》くとすると、其半鐘《そのはんしよう》の音《おと》は即《すなは》ち自分《じぶん》だといふのです」。

「従《したが》つて自分以外《じぶんいぐわい》に物《もの》を置《お》き他《ひと》を作《つく》つて、苦《くる》しむ必要《ひつえう》がなくなるし、又苦《またくる》しめられる掛念《けねん》も起《おこ》らないのだと云《い》ふのです」。

この一郎の絶対への希求は、朔太郎の昭和初期の苦しげな詩集『氷島』を理解する上で、何らかの啓示を与えてくれそうである。

一郎は次のような自覚をも持っている。「要《えう》するに僕《ぼく》は図《づ》を披《ひら》いて地理《ちり》を調査《てうさ》する人《ひと》だつたのだ。それでゐて脚絆《きやはん》を着《つ》けて山河《さんが》を跋渉《ばつせふ》する実地《じつち》の人《ひと》と、同《おな》じ経験《けいけん》をしやうと焦慮《あせ》り抜《ぬ》いてゐるのだ。僕《ぼく》は迂闊《うくわつ》なのだ。僕《ぼく》は矛盾《むじゆん》なのだ。然《しか》し迂闊《うくわつ》と知《し》り、矛盾《むじゆん》と知《し》りながら、依然《いぜん》として藻掻《もが》いてゐる」。

朔太郎はのちに友人の辻潤に対して同じ思いを打ち明ける。

さて、朔太郎はそれが当たっているとは必ずしも言えないが、ダダイストをソフィストに擬し、自らを義人ソクラテスに譬《たと》えた。「すくなくとも、〈僕の意志するもの〉はさうである」。

大正十五年十一月、芥川龍之介は雑誌「近代風景」に、「萩原朔太郎君」という文章を書いた。右の「僕はソクラテスだ」よりも時期としてわずかに前のことである。「萩原君は詩的アナアキストである。アナアキックな魂は萩原君の芸術に見えるばかりではない。萩原君の芸術観にも見えるやうである」。「宿命は不幸にも萩原君には理智を与へた。僕は敢て〈不幸にも〉と言ひたい。理智はいつもダイナマイトである。時にはその所有者自身をも粉砕せずには置かぬダイナマイトである」。

芥川は朔太郎の「前橋の風物を歌ひ上げた詩」に、「沈痛と評したい印象」を受ける。晩年の芥川は詩集『月に吠える』や『青猫』よりも、「郷土望景詩」のほうに魅かれている。「萩原君の真面目《しんめんもく》はここにあるかも知れないと云ふ印象」を受けた。「では萩原君の真面目《しんめんもく》は何かと云へば、それは人天《じんてん》に叛逆する、一徹な詩的アナアキストである」。

芥川龍之介は最後に「萩原君は詩人としても、或は又《(また)》思想家としても、完成するかどうかは疑問である。……これは萩原君の悲劇であり、同時に又萩原君の栄光である」とした。

『行人』を当時の若い詩人朔太郎がどのように見ていたか、また昭和二年には「ある漠然たる不安」のために自殺することになる芥川（漱石に作品を認められて出発した、同じく理智的な一郎の神経を持つ人）が、朔太郎をどう見ていたかは実に興味深い。そのあたりについては拙著『萩原朔太郎』1・2（みすず書房刊）を見てもらいたい。

「兄さん」は「どうかして香巌《きやうげん》になりたい」という。禅僧香巌は、石を投げ、竹藪に当って戛然《かつぜん》と鳴る、その朗らかな響を聞いて、一撃に所知を亡《うしな》うと喜んだとされる。

小説『行人』は、悩みにみちたまま一郎が眠りこんでいるところで終る。『行人』は単にユーウツなどといった気分的な悩ましさなどでなく、言ってみれば果てしなく宿酔にも似た心身の苦痛が持続する、しかも死を隣につねに感じ続ける（さらに自己消滅をさえつよく願う）重いウツ状態の人間を、実にねばりづよく描き出している。ウツ病の病者のエゴイズムと醜さを眼をそらさずに捉え得ており、それがいわゆる正常な人間の心理とまったく無縁とは言えないとまで思わせる。ウツ症状は言語の病でもあり、また時間の病でもあって、一秒一秒の経過に苦しみもし、言語とモラルのバリバリと引き裂かれるのを悩みとする。こうして眠りは唯一の救い（一郎はHさんの前で眠り込む）だが、眼を覚ますと同時に苦痛の生の刻々が始まるのだ。

画期的長篇小説《ロマン》の可能性、『明暗』を中心に

1

新人谷崎潤一郎の短篇「刺青《しせい》」が発表（明治四十二年――一九〇九）された翌々年に、荷風は「三田文學」誌上でこれを激賞した。荷風は谷崎氏の作品中には顕著に三個の特質が見出されるとし、「第一に肉体的恐怖から生ずる神秘幽玄である。肉体上の惨忍から反動的に味ひ得らる、痛切なる快感である」との見解を示した。日露戦争の戦後に出て来たのは、こうした若い悪魔主義の詩人的な作家だった。「茲《ここ》に注意すべきは、谷崎氏が描き出す肉体上の惨忍は如何に戦慄すべき事件をも、必ず最も美しい文章を以て美しい詩情の中に開展させてあるので、丁度《ちょうど》吾々が歌舞伎劇の舞台から〈殺しの場〉を味ふと同様、飽くまでも洗練琢磨された芸術感しか与へないのである」

荷風は自らポー、ボードレールの域を摩《ま》する作を成したいと思い続けてきて、後輩の谷崎（荷風より七歳ほど年下になる）のうちに、同じ道を探る異能を発見し得たのである。「若い刺青師《ほりもの》清吉の心に

は、人知らぬ快楽と宿願とが潜んでゐた。針で刺されて人々が呻くほどに不思議に云ひ難き愉快を感じるのであつた」

彼の年来の宿願とは、「光輝ある美女の肌を得て、そこへ己《おの》れの魂を刺《ほ》り込む事であつた」

ところで谷崎潤一郎は、自分を大きく認めてくれた荷風よりも、さらに十年以上も年長の漱石について、どう思っていただろうか。むろん紅葉、樋口一葉、二葉亭四迷なきあとの二十世紀初頭の小説家の第一人者と見做していて、『それから』をもっとも高く買っており、『門』は少し落ちると思っていた。反面、『明暗』（大正五年——一九一六、漱石死去の年の未完作品）に対してはかなりに批判的だった。

『門』は明治四十三年に新聞に連載されており、ただちに谷崎は「『門』を評す」を「新思潮」に寄稿した。

では谷崎は『門』についてどう考えたか。

「『門』は『それから』よりも一層露骨に多くのうそを描いて居る。其のうそは、一方に於いては作者の抱懐する上品なる——然し我々には縁の遠い理想である」

このうそとは何か。谷崎に言わせれば『門』の主人公宗助《そうすけ》の妻の御米《およね》はヒステリーの病妻である。しかも子もなく金なき家庭である。それなのに前後六年の間、宗助は青年時代の甘い戀の夢から覚めずにいる。これはいささか受け取り難い話だ。「宗助と御米とは当節に珍しいロマンチツクな生活を送つて居ると云はねばならぬ」

『それから』の主人公代助もまた同じで、「戀のさめたる女を抱いて」、ほんとうなら「再びもとのやうな、或はそれよりも更に絶望なヂレンマに陥る事がありはすまいか」。こうして「二人の姦通者」（代助と宗助のことである）は、「その絶望の時にこそ」「眞の報復を受く可《べ》きである」。報復というのは、友人の恋人を奪ったことへの報復にほかならない。

いかにも谷崎らしい明快さだ。谷崎はこののち実生活の上でも、愛の冷めた妻とは次々に別れ、真の伴侶を求めつづける。

「先生は、〈戀は斯くあり〉と云ふ事を示さないで〈戀は斯くあるべし〉と云ふ事を教へて居られる」。先生と呼ばれているのは漱石である。漱石は理想ばかりを語って、実情を述べていないと谷崎は言いたいのだ。

「『門』は眞實を語つて居ない。然し『門』にあらはれたる局部々々の描寫は極めて自然で、眞實を捕捉して居る」

その一例は、日曜日に電車に乗って、天井の広告を見ているあたり、と谷崎はいうが、なるほどこの日露戦争後の電車内も、今日の電車内とほとんど異なるところはない。

漱石の場合を見ると、日露戦争の直後の明治三十九年（一九〇六）に、『坊つちゃん』『草枕』を書き、その翌年に『吾輩は猫である』の上下の単行本を出して大評判となり、同じ年に『虞美人草』、明治四十一年には『三四郎』、翌四十二年には『それから』、同年の十月二十一日より十二月三十日まで「朝日新聞」に「満韓ところ〴〵」を連載した。翌四十三年に『門』を執筆する。漱石は文字通り日露戦争の戦後に登場し、眼にも鮮やかにやつぎばやに作品を発表して行った小説家だったのである。そしてそこには戦後の時代の人間が描かれていた。

谷崎はさらに漱石が、当時のホットな技術革新に眼をつけ、すばやくそれを小説にとり入れているのを見て取っている。「鮪船《まぐろぶね》に石油エンヂンを取り付ける事や、電気で文字を印刷する發明や、先生の小説は比較的廣い範囲で今日の實社会と何等かの交渉を有して居るやうである」

谷崎としては『それから』も『門』も、赤裸々な真実の表現ということに関しては物足りないと思ったのであろう。『それから』と同じ年に「刺青」を発表して新人作家となり、のちに『痴人の愛』の猛獣のような美少女ナオミと、その夫の譲治を、眼も当てられない醜悪面まで含めて描き切った谷崎としては、『それから』や『門』のきれいごとに不満なのは当然だと言える。まして『明暗』の理屈っぽさ、持って回ったまどろっこしさには、谷崎はうんざりしたもののようだ。確かに『明暗』の書き進め方は少なくとも初めのほうはまどろっこしい。女たちも議論と腹の探り合いを（ほとんど闘争的に）続けてやまない。

谷崎二十四歳の執筆になる「『門』を評す」から十年目の、「藝術一家言」において、谷崎は痛烈に『明暗』批判をやってのけた。

「私は死んだ夏目先生に対して敬意をこそ表すれ、決して反感を持つては居ない。にも拘らず、『明暗』の悪口を云はずには居られないのは、漱石氏を以て日本に於ける最大作家となし、就中《なかんずく》その絶筆たる『明暗』を以て同氏の大傑作であるかの如くに推賞する人が、世間の知識階級の間に甚だ少くないことを發見したからである」

「あの中に出て来るいろ〱の眩《めまぐる》しい事件にしても人物にしても、總《す》べてがトゲトゲしく堅苦しい理智によつて進行し動作して居て、而もその事件や人物が一向生き〱した感銘を與へない。それは作者が眞の人生眞の人間を見ず、理智以外の何物をも持つて居ず感じて居ないからである」

漱石が『明暗』で、真の人生真の人間を見ていない、とはまことに由々しき批判ではないか。

「『明暗』に出て来る人物は、主人公を始めとして總べての男女が悉《ことごと》く議論ばかりして居る。甚だしきは温泉宿の女中や一《はじめ》と云ふ少年までが、論理的な物の云ひ方をする」。谷崎はそのように人物の議論癖を非難する。『明暗』を一度でも読んだ人は、堂々たる中年の吉川夫人や、津田の妹である美貌の若い女、お秀の、とめどもないおしゃべりを思い出すだろう。谷崎は小説に理屈や論理をではなく、本能の輝きのうちに生きる男女、血なまぐさいほどに（肉欲的に）欲情する男女を見たいのだ。

「私に云はせればあの物語中の出来事は、悉くヒマな人間の餘計なオセツカヒと馬鹿々々しい遠慮の為めに葛藤が起つてゐるのである」。このあたり谷崎の批評はいささか気短かだが、まったくあの小説に当たっていないのではない。谷崎はなおも次のように言いつのる。

「彼（津田）はなぜ、吉川夫人など、云ふイヤに悧巧振つた下らない女を、尊敬したり相手にしたりしてゐるのか。それほど（清子に――引用者）未練があつたとしたら、なぜ始めから自分獨《ひと》りで、お延になり清子になり正直に淡白にぶつからぬか」。主人公の津田という男は、漱石の小説中の人物の多くとは異なって（高等遊民ではなく）勤めを持っているらしい。その上、多少の学問もしたようだ。

お延はその津田と結婚してそれほど日も経たない、若い、やや派手な妻である。お延は津田の妹、お秀を器量よしと思っている。ところがこのお秀が理屈っぽく、生き生きした若い女、お延とお秀はひどく気が合わない。

実生活でも自分の欲望を実行して憚らない谷崎は、ほとんどジリジリしているが、津田がそのように単刀直入型の、たとえば『坊つちゃん』のような行動家であったなら、あの『明暗』の心理主義的推理小説とでも名付けたい複雑な世界は成り立たなかったであろう。主人公の津田なら津田が、正直に、淡白になり切れず、グズグズしているところから、『明暗』の世界はやがて男女の心の深淵をかいま見せるはずである。

『明暗』は確かに議論ばかりの小説である。吉川夫人という口八丁手八丁の、派手っ気のお節介焼きで、その上妙に色っぽくもある中年夫人がしゃべりまくり、しかも彼女はそのおしゃべりの中に、つねに彼女一流の謎を仕掛ける。津田の叔父である藤井（どうやら漱石自身がモデルらしい活字人間である）の一家がしゃべる。お延の叔父に当たる芝居などに行く岡本の一家がしゃべる。お延は夫の津田が痔の入院手術をした当の日、重大であるべき日に（この小説の三分の二以上は、痔の手術で津田が入院している間のことで進行し、そろそろ終りも近いかと思われるあたりで津田は初めて、吉川夫人にそそのかされて東京から遠くない温泉場に、かつて浅からぬかかわりのあったもう一人の女、清子を訪ねて行く）、岡本一家と芝居に行き、従妹の継子《つぎこ》のお見合いらしき食事の席に連なる。翌日もまた岡本の家に行くといった行動に出る。

夫の手術よりも岡本の家が大事なようにどうも見える。

継子の部屋で、継子とお延はおしゃべりをする。

「延子さんは宅《うち》にゐた時《とき》と、由雄さんの所《ところ》へ行つてからと、何方《どつち》が気楽《きらく》なの」

「そりや……」

お延は口籠《くちごも》つた。継子は彼女に返答を拵《（こしら）》へる余地を与へなかつた。

「今の方《ほう》が気楽なんでせう。それ御覧なさい」

お延は仕方《しかた》なしに答へた。

「そうばかりにも行かないわ。是で」

「だつてあなたが御自分で望《のぞ》んで入《い》らしつた方《かた》ぢやないの、津田さんは」

「えゝ、だからあたし幸福よ」

「幸福でも気楽ぢやないの」

「気楽な事《こと》も気楽よ」

「ぢや気楽は気楽だけれども、心配があるの」

「そう継子さんの様に押し詰《つ》めて来《き》ちや敵《かな》はないわね」

「押し詰《つ》める気ぢやないけれども、解《わか》らないから、ついさうなるのよ」

こんな調子のしつこく危険な会話（今は失われた東京弁による女性の会話である）が『明暗』のいたる

ところで起こり、「段々勾配の急になつて来た会話」と、作者の漱石自身もこの二人の会話に注釈をつけるのだ。

津田（晩婚と言っても、まだ三十歳でしかない）の入院している医院の二階に、妹のお秀（二十四歳）がやって来、次に妻のお延（満ならば二十二だが、今の二十二よりはずっと大人っぽい）がやって来て、三人での長い長い話になる。お秀は先にも述べたように、たいそう理屈っぽく、お延もとうとう「秀子さん、あなたは基督教《キリスト》ぢやありませんか」などと皮肉に近いキワドイ発言をし、津田は、「真面目腐つた説法をする」「彼奴《あいつ》は理窟屋だよ」と答える。このあたりは読むのにかなり忍耐を要する。

やがて同じ二階の病室に、盆栽を持った吉川夫人がやって来る。谷崎のいわゆる「イヤに悧巧振つた下らない女」である。谷崎はこのブルジョワ夫人に反感を隠さないが、わたしもこの婦人は精神的に分厚くてイヤである。未完の小説『明暗』も三分の二ほど進んだあたりで、ようやく吉川夫人は、昔、清子と津田を結びつけようと試みたことがあり、それに失敗したが、今また懲りもせず、再び津田を、人妻となった清子に会わせようとたくらんでいるらしい。

有体《ありてい》にいふと、お延と結婚する前《まへ》の津田は一人《ひとり》の女を愛してゐた。さうして其女《をんな》を愛させるやうに仕向《しむ》けたものは吉川夫人であつた。世話好《ずき》な夫人は、此若《わか》い二人を喰《く》つ付《つ》けるやうな、又引き離《はな》すやうな閑《かん》手段を縦《ほしい》まゝに弄して、そのたびに迷児々《まご》したり、又は逆《のぼ》せ上《あが》つたりする二人《ふたり》を眼《め》の前に見《み》て楽《たの》しんだ。けれども津田は固《かた》く夫人の親切を信じて疑がはなかつた。夫人も最後に来るべき二人《ふたり》の運命を断言して憚《はゞ》からなかつた。のみならず時機の熟した所を見計つて、二人《ふたり》を永久に握手させようと企てた。所《ところ》がいざといふ間際《まぎは》になつて、夫人の自信は見事《みごと》に鼻柱《はなばしら》を挫《くじ》かれた。津田の高慢も助かる筈はなかつた。夫人の自信と共に一棒に撲殺された。肝心の鳥《とり》はふいと逃《に》げたぎり、遂《つい》に夫人《ふじん》の手に戻《もど》つて来なかつた。

夫人は津田を責《せ》めた。津田は夫人を責《せ》めた。夫人は責任を感じた。然し津田は感じなかつた。彼は今日迄其意味が解《わか》らずに、まだ五里霧中に彷徨してゐた。其所《そこ》へお延の結婚問題が起つた。夫人は再び第二の恋《れん》愛事件に関係すべく立ち上《あが》つた。さうして夫《おつと》と共に、表向の媒酌人として、綺麗な段落を其所《そこ》へ付《つ》けた。

いざという時に「肝心の鳥」の清子は逃げたのだ。津田という男が何となく煮え切らないのは、こうした出来事があったためであり、津田と結婚したお延の心の奥底の不安も、半ば無意識ながら、このあたりに胚胎していたと納得される。

この未完の長篇の最後に近い個所になるが、津田は、清子が自分に背中を向けたその時から、自分は夢のような気分に祟《たた》られているという独白をする。

「おれは今この夢見たやうなもの〻続《つゞ》きを辿《たど》らうとしてゐる。東京を立つ前《まへ》から、もつと几帳面に云へば、吉川夫人に此温泉行《ゆき》を勧《すゝ》められない前《まへ》から、いやもつと深く突《つ》き込んで云へば、お延と結婚する前《まへ》から、――それでもまだ云ひ足りない、実は突然清子に脊中《せなか》を向けられた其刹那から、自分はもう既にこの夢のやうなものに祟《たゝ》られてゐるのだ。さうして今《いま》丁度その夢を追懸《おつかけ》やうとしてゐる途中なのだ。顧《かへり》みると過去から持《も》ち越《こ》した此一条《ひとすぢ》の夢が是《これ》から目的地へ着《つ》くと同時《じ》に、からりと覚《さ》めるのかしら。それは吉川夫人の意見であつた。従つて夫人の意見に賛成し、またそれを実行する今の自分の意見でもあると云はなければなるまい。然しそれは果して事実《じじつ》だらうか。自分の夢は果して綺麗に拭《ぬぐ》ひ去《さ》られるだらうか。自分は果《はた》してそれ丈の信念《しんねん》を有《も》つて、この夢のやうにぼんやりした寒村《かんそん》の中《なか》に立《た》つてゐるのだらうか……」

この独白で津田の「夢」、モヤモヤした気分の由来が読者の前にようやく見えて来る。「貴方《あなた》は其後清子さんにお会《あ》ひになつて」と夫人は訊ねる。「一体延子さんは清子さんの事を知つてるの」「ぢや延子さんは丸で知らずにゐるのね、あの事を」と夫人は津田に詰め寄り、「貴方は清子さんにまだ未練がおありでせう」と、お節介はまだまだ続く。吉川夫人は、清子は今、東京からそう遠くない有名な温泉場にいるから、行って男らしく「未練の片《かた》を付けて」来るといいと、優柔不断の津田をそそのかす。吉川夫人には若い男女の心理への実に執拗なまでの好奇心があり、そこには以前、津田と清子を結びつけることに失敗した屈辱感が働いている。夫人もまた清子に裏切られたわけだ。あるいは夫人は、若い女性に自分の代役としてのドラマを演じさせたいのかも知れぬ。

『明暗』にはこうしてお延、清子、吉川夫人、お秀ほか大勢の女が登場するが（さらに岡本の妻とか継《つぎ》子《こ》とか）、その顔かたちも、着ているものも、器量がいいとか派手だとかいう以外は判然としない。

『腕くらべ』以下の巧みで色っぽい小説の作者、荷風や、やがて美しい姉妹の登場する『細雪』を書くことになる谷崎なら、この方面のことは華やかに、ありありと手に取るように描写して、読者を官能的に摑んで放さないだろう。津田が藤井の叔母に向かって、「色気がない」というところが出てくるが、漱石のとくに『明暗』の女たちに欠けているのはこの色気だと言ってもいい。『草枕』の那美さんや『それから』の三千代などのほうが、ずっと色っぽい。

にも拘らず、『明暗』は何度も読み直すに値する小説であって、漱石の死によって未完となったのは惜しんでもあまりある。今ある二倍の分量の大作として完成されるべきだった。清子という名前が出て来るのは、実に作品の三分の二を大分過ぎてからなのだ。「津田」と「お延と清子」を、描き切ることができれば、漱石の近代的ロマンはある大きな展望をわがものとし得たであろう。

2

今一度『明暗』と言う小説に立ち戻って何事かを書くつもりだが、その前にこの小説に先立って『明暗』の前年、大正四年（一九一五）に連載された長篇『道草』を振り返ってみることにしよう。『道草』をしっかりと読み通したのは今度が初めてと言っていい。若い頃はとても、この重く、快活さの少しもない小説は読む気になれなかった。この長篇が書かれたのは漱石晩年の大正四年（一九一五）だが、取り扱っている時代はまだ三十代半ばの漱石がロンドン留学から帰って、第一高等学校や、東京帝大の講師として教えるようになったころで、『吾輩は猫である』を書いていた時期とほぼ重なっている。『道草』は、ユーモラスで、軽躁状態でもある小説『吾輩は……』を書いていたこの小説家を取り巻いていた「家」の重さ、言うならばダークサイドを時経って執拗に回想し描いたものである。

他方その当時、漱石の本郷千駄木町の書斎には、森田草平、寺田寅彦、鈴木三重吉、野上豊一郎、小宮豊隆、松根東洋城といった、才能あり、明朗でもある青年たちが出入りしていて、この小説家の心を明るくしてくれていた。

『道草』を三分の一ほど読み進んだあたりに次のようなところが出て来る。少し長いが引用してみよう。「其《(その)》世界」というのは重苦しい「家」という世界である。

> 彼は又其世界とは丸で関係のない方角を眺《なが》めた。すると其所《そこ》には時々《ときぐ》彼の前を横切《よこぎ》る若《わか》い血《ち》と輝《かゞや》いた眼《め》を有《も》つた青年がゐた。彼は其人々《ひとびと》の笑ひに耳《みゝ》を傾《かた》むけた。未来《みらい》の希望を打ち出す鐘《かね》のやうに朗《ほがら》かなその響《ひゞき》が、健三の暗《くら》い心《こゝろ》を躍《をど》らした。
>
> 或日《あるひ》彼《かれ》は其青年の一人《ひとり》に誘はれて、池の端《はた》を散歩した帰りに、広《ひろ》小路から切通しへ抜《ぬ》ける道《みち》を曲《まが》つた。彼等が新《あた》らしく建《た》てられた見番《けんばん》の前《まへ》へ来《き》た時《とき》、健三は不図《ふと》思ひ出したやうに青年の顔《かほ》を見た。彼の頭《あたま》の中《なか》には自分と丸《まる》で縁故のない或《ある》女の事《こと》が閃《ひらめ》いた。其女は昔《むか》し芸者をしてゐた頃人《ころひと》を殺した罪で、二十年余も牢屋の中《なか》で暗《くら》い月日《つきひ》を送《おく》つた後《あと》、漸《やつ》と世の中《なか》へ顔《かほ》を出《だ》す事《こと》が出来《でき》るやうになつたのである。

「嘸辛《さぞつら》いだらう」

「彼」とあるのは主人公の健三で、漱石自身がモデルと思ってよい。「其世界」というのは先にも触れたように、健三の幼い頃から現在に至るまでの「家」、あるいは血縁の世界のことで、一人高い教育を受けて学者となった健三を、重く、また分厚く取り囲んでいる。金銭的にも彼ら（あるいは家）は健三一人を当てにしているのである。

漱石（夏目金之助）は明治元年（一八六八）、一歳の時に、新宿の名主だった塩原昌之助の養子になったが、八歳の時、養父と義母が不和になり、生家に戻されている。この幼い漱石（金之助）にとって決して幸せではなかった年月が、尾を曳いて『道草』という長篇小説に暗い影を落しているのである。作中の島田という老人は塩原昌之助がモデルと思っていいようだ。

「時《とき》々彼（健三のこと――引用者）の前を横切《よこぎ》る若《わか》い血《ち》と輝《かゞや》いた眼《め》を有《も》つた青年」とあるのが、森田草平や寺田寅彦らで、この青年たちは『吾輩は猫である』の愉快な、また頓狂な登場人物として出て来るわけだが、それらの青年の一人はまだ二十三、四で、いくらでも春が永く自分たちの前に続いているとしか思っていないので、健三の言葉はほとんど無意味なものでしかない。

「然し他事《ひとごと》ぢやないね君。其実《(そのじつ)》僕《ぼく》も青春時代を全く牢獄の裡《うち》で暮《くら》したのだから」
青年は驚《おど》ろいた顔《かほ》をした。

「牢獄とは何です」

「学校さ、それから図書館さ。考へると両方ともまあ牢獄のやうなものだね」

青年は答へなかつた。

「然《も》し僕が若し長い間の牢獄生活をつゞけなければ、今日《こんにち》の僕は決して世の中《なか》に存在してゐないんだから仕方がない」


健三は知識人となり、他に何一つ実際的なことは出来ず（荷造り一つさえ出来なかった）、血縁の人々や、かつての養父母からは別世界の人となってしまった。落ちぶれた養父母はやがて健三の家を自ら訪れ、また代理の者を送り込んで金銭をむしり取ろうとする。事実として養父昌之助は、小宮豊隆によれば、漱石が朝日新聞社に入社して職業作家となってからだが、かつての養子に金を用意してくれと言って来たとのことである。


「学問ばかりして死《し》んでしまつても人間は詰《つま》らないね」

「そんな事《こと》はありません」

彼の意味はついに青年に通じなかつた。彼は今《いま》の自分が、結婚当時の自分と、何《ど》んなに変《かは》つて、細君の眼《め》に映《うつ》るだらうかを考へながら歩《ある》いた。其細君はまた子供を生むたびに老《ふ》けて行つた。髪《かみ》の毛《け》なども気の引《ひ》ける程《ほど》抜《ぬ》ける事《こと》があつた。さうして今《いま》は既に三番目の子を胎内に宿《やど》してゐた。

健三の妻もまた、『行人』の一郎の無感動な妻に似て、夫としては扱い難い女だった。

家《うち》へ帰《かへ》ると細君は奥の六畳に手枕をしたなり寐《ね》てゐた。健三は其傍《そば》に散《ち》らばつてゐる赤《あか》い片端《きれはし》だの物指《ものさし》だの針箱《はりばこ》だのを見て、又《また》かといふ顔《かほ》をした。

細君はよく寐《ね》る女であつた。（中略）

「不貞寐《ふてね》をするんだ」

彼は自分の小言《こごと》が、歇私的里《ヒステリー》性の細君に対して、何《ど》う反応するかを、よく観察してやる代りに、単なる面当《つらあて》のために、斯《こ》うした不自然の態度を彼女が彼に示すものと解釈《かいしやく》して、苦々《にが〳〵》しい囁《つぶや》きを口《くち》の内《うち》で洩《も》らす事《こと》がよくあつた。（中略）

健三は斯《か》うした細君の態度を悪《にく》んだ。同時に彼女の歇私的里《ヒステリー》を恐れた。それからもしや自分の解釈が間違《まちが》つてゐはしまいかといふ不安にも制せられた。

妻を誤解しているのではないかと、この神経過敏で強情な主人公、健三は、ふと思うだけの余裕は持っている。細君は時々次のようなことを言った。これは『行人』の一郎の、とっつき難い冷たい妻の本音でもあったであろう。もはや漱石は初期の『草枕』や『虞美人草』の場合のように、ロマンティックで幻想的な女を描くことはない。

「妾《わたし》、どんな夫《おっと》でも構《かま》ひませんわ、たゞ自分に好《よ》くして呉《く》れさへすれば」

ですもの」

「泥棒でも構《かま》はないのかい」

「え丶え丶、泥棒だらうが、詐欺師だらうが何《なん》でも好《い》いわ。たゞ女房を大事《だいじ》にして呉れゝば、それで沢山なのよ。いくら偉《えら》い男だつて、立派な人間《にんげん》だつて、宅《うち》で不親切ぢや妾《わたし》にや何《なん》にもならないんですもの」

『道草』の最後のところで島田の古証文が当時の百円（かなりの額である）という金銭で返されて来る。そのあとの十行ほどが、この苦い自伝風小説の結論だとしていいと思う。

「だけど、あゝして書《か》いたものを此方《こつち》の手《て》に入《い》れて置《お》くと大変違《ちが》ひますわ」

「安心するかね」

「え丶安心よ。すつかり片付《かたづ》いちやつたんですもの」

「まだ中々《なかなか》片付《かたづ》きやしないよ」

「何《ど》うして」

「片付《かたづ》いたのは上部《うはべ》丈《だけ》ぢやないか。だから御前《まへ》は形式張《ば》つた女だといふんだ」

細君の顔《かほ》には不審と反抗の色《いろ》が見えた。

「ぢや何《ど》うすれば本当に片付《かたづ》くんです」

「世の中《なか》に片付《かたづ》くなんてものは殆どありやしない。一遍起《おこ》つた事《こと》は何時《いつ》迄も続《つゞ》くのさ。たゞ色々《いろ〳〵》な形《かたち》に変るから他《ひと》にも自分にも解《わか》らなくなる丈の事《こと》さ」
　健三の口調は吐《は》き出《だ》す様に苦々《にがく》しかつた。細君は黙《だま》つて赤ん坊を抱《だ》き上《あ》げた。

苦しげな『道草』の連載も終り、秋には湯河原温泉に遊び、十二月、若い芥川龍之介と久米正雄の二人も門下に加わった。『明暗』の最後近く、清子と会う東京にも近い温泉場は、作中では明示されていないが右の湯河原だとしていいだろう。翌年の五月から『明暗』の連載は始まる。

3

『明暗』をもう一度読み返してみた。本論の1では触れ得なかった冒頭部分は次のようになっていて、津田は（そのように明示されてはいないが）神田の医院で痔の手術のための検査を受ける。漱石自身も明治四十四年（一九一一）九月、痔疾の手術を受けた経験がある。このあたりについては今年の五月に上梓したわたしの自選短篇集『ヨコハマ　ヨコスカ　幕末　パリ』（春風社）に収める一篇、「虹橋」にかなり詳しく描いてあるので見られたい。この短篇にはウツ病とそれからの脱出の経過についても多くの筆を費やしている。

　医者は探《さぐ》りを入れた後《あと》で、手術台《だい》の上《うへ》から津田を下《おろ》した。
「矢張穴《やつぱりあな》が腸迄続《つゞ》いてゐるんでした。此前探《このまへさぐ》つた時《とき》は、途中に瘢痕《はんこん》の隆起《りうき》があつたので、つい其所《そこ》が行《い》き留《どま》りだとばかり思つて、あゝ云つたんですが、今日《けふ》疎通を好《よ》くする為《ため》に、其奴《そいつ》をがり〳〵搔《か》き落して見ると、まだ奥があるんです」

「さうして夫《それ》が腸迄続《つゞ》いてゐるんですか」

「さうです。五分《ぶ》位だと思つてゐたのが約《やく》一寸程あるんです」

津田の顔《かほ》には苦笑の裡《うち》に淡く盛《も》り上《あ》げられた失望の色《いろ》が見《み》えた。医者は白《しろ》いだぶだぶした上着《うはぎ》の前《まへ》に両手を組《く》み合《あ》はせた儘《まゝ》、一寸首《ちよつとくび》を傾けた。其様子が「御気の毒ですが事実だから仕方がありません。医者は自分の職業に対して嘘言《うそ》を吐《つ》く訳《わけ》に行かないんですから」といふ意味に受取《うけと》れた。

津田は「腸迄続《つゞ》いてゐるとすると、癒《なほ》りつこないんですか」と問う。

「そんな事《こと》はありません」

医者は活潑にまた無雑作《むぞうさ》に津田の言葉を否定した。併《あは》せて彼の気分をも否定する如くに。

「たゞ今迄の様に穴《あな》の掃除《さうじ》ばかりしてゐては駄目なんです。それぢや何時《いつ》迄経《た》つても肉《にく》の上《あが》りこはないから、今度《こんど》は治療法を変へて根本的の手術を一思《ひとおも》ひに遣《や》るより外《ほか》に仕方がありませんね」

「根本的の治療と云ふと」

「切開です。切開して穴と腸と一所にして仕舞ふんです。すると天然《ねん》自然《ぜん》割《さ》かれた面《めん》の両側《がは》が癒着《ゆちやく》して来《き》ますから、まあ本式に癒《なほ》るやうになるんです」

津田は黙《だま》つて点頭《うなづ》いた。

根本的の治療というのは痔だけの問題ではなくて、津田の不安定な結婚（お延との）と、過去の女性とのことにも思われて来る。津田の生の根元が揺らいでいる。

帰途、電車に乗った津田は、「此肉体はいつ何時《なんどき》どんな変に会《あ》はないとも限らない。それどころか、今現に何《ど》んな変が此肉体のうちに起りつゝあるかも知れない。さうして自分は全く知らずにゐる。恐ろしい事《こと》だ」と考え続ける。突然彼は心のうちに叫ぶ。「精神界も同じ事《こと》だ。精神界も全く同じ事《こと》だ。何時《いつ》どう変《かは》るか分《わか》らない。さうして其変る所《ところ》を己《おれ》は見たのだ」。彼はそのあとポアンカレーの「偶然」について考え、そこから飛躍して次のように内心で言う。『明暗』は漱石による、偶然を免れ難い、人間の営為としての結婚の研究でもある。

「何《ど》うして彼《あ》の女は彼所《あすこ》へ嫁《よめ》に行《い》つたのだらう。それは自分で行かうと思つたから行《い》つたに違《ちがひ》ない。然し何《ど》うしても彼所《あすこ》へ嫁《よめ》に行く筈ではなかつたのに。さうして此己《このおれ》は又何《ど》うして彼《あ》の女と結婚したのだらう。それも己《おれ》が貰《もら》はうと思つたからこそ結婚が成立したに違《ちがひ》ない。然し己《おれ》は未《いま》だ嘗《かつ》て彼の女を貰はうとは思つてゐなかつたのに。偶然？　ポアンカレーの所謂《いわゆる》複雑の極致《きよくち》？　何だか解《わか》らない」

家に帰り着くと、門前に、結婚してまだそれほど時経たぬ妻のお延が立っている。こんな風に小説

『明暗』は始まるのだが、漱石は『道草』に続いてこの最後の作でも執筆に難渋したらしく、そのことは十川信介の『明治文学――ことばの位相』（岩波書店）所収の「原稿で読む『道草』」などに詳しい。この十川氏の著作には精緻な『明暗』研究も収められている。

『明暗』を読み進んで行くと、小林という、元は文筆家の藤井（漱石自身がモデルらしい）に使われていて、そのため主人公の津田やお延をよく知っている、精神的にも生活的にも崩れた男が、繰り返しお延に向かって、津田に対する不安ないし疑惑を抱かせるようなあれこれを囁く場面が出て来る。

『明暗』のおよそ真ん中あたりで疑惑は頂点に達し、お延は夫の津田の机の抽斗《ひきだし》を開けたり、状差《じょうさし》から津田宛の手紙を取り出して一々調べたり、常軌を逸した行動を始める。どうやら小林というドストエフスキーの小説に出て来そうな男の仕掛けた罠にハマってしまったらしい。

突然、疑惑の焔が彼女の胸に燃え上がった。

……一束《ひとたば》の古手紙《ふるてがみ》へ油《あぶら》を濺《そゝ》いで、それを綺麗に庭先《にはさき》で焼《や》き尽《つく》してゐる津田の姿《すがた》が、あり〳〵と彼女の眼《め》に映《うつ》つた。其時めら〳〵と火に化して舞ひ上《あが》る紙片《かみぎれ》を、津田は恐《おそ》ろしさうに、竹の棒で抑へ付《つ》けてゐた。それは初秋《はつあき》の冷《つめ》たい風《かぜ》が肌《はだえ》を吹き出《だ》した頃《ころ》の出来事《ごと》であつた。さうしてある日曜の朝《あさ》であつた。二人差向《ふたりさしむか》ひで食事《しよくじ》を済《す》ましてから、五分《ふん》と経《た》たないうちに起《おこ》つた光景であつた。箸《はし》を置《お》くと、すぐ二階から細《ほそ》い紐《ひも》で絡《から》げた包《つゝみ》を抱《かゝ》へて下《お》りて来《き》た津田は、急に勝手口《ぐち》から庭先へ廻《まは》つたと思ふと、もう其包《つゝみ》に火を点《つ》けてゐた。お延が縁側へ出た時《とき》には、厚い上包《うはづつみ》が既に焦《こ》げて、中《なか》にある手紙《てがみ》が少《すこ》しばかり見えてゐた。お延は津田に何《なん》でそれを焼き捨《す》てるのかと訊《き》いた。津田は嵩《かさ》ばつて始末に困るからだと答へた。何故《なぜ》反故《ほご》にして、自分達《たち》の髪を結《ゆ》ふ時《とき》などに使《つか》はせないのかと尋《たづ》ねたら、津田は何とも云はなかつた。たゞ底《そこ》から現《あら》はれて来《く》る手紙を無暗《(むやみ)》に竹の棒で突《つ》ッついた。突《つ》ッつくたびに、火になり切れない濃《こ》い烟が渦《うづ》を巻いて棒の先《さき》に起《おこ》つた。渦《うづ》は青竹の根《ね》を隠《かく》すと共に、抑へつけられてゐる手紙をも隠《かく》した。津田は烟《けむり》に咽《むせ》ぶ顔《かほ》をお延から背《そむ》けた。……
お時《とき》が午飯《ひるめし》の催促に上《あが》つて来《く》る迄、お延は斯《(こ)》んな事《こと》を考へつゞけて作りつけの人形のやうに凝《じつ》と坐《すわ》り込んでゐた。

われわれ読者はこの手紙は清子から来た手紙、あるいは吉川夫人の、清子と津田を結びつけようとのコンタンを記した手紙にちがいないと想像するが、この時のお延には何のことかわからない。

お秀は津田の入院先の病室にやって来て、「兄《にい》さんは小林さんが兄《にい》さんの留守《るす》へ来《き》て、嫂《ねえ》さんに何か云《い》やしないかつて、先刻《さつき》から心配してゐるぢやありませんか」と、津田に言う。お秀は兄《あに》と嫂《あによめ》の間に何か埋め難い隙間があることを、とっくに見抜いているらしい。

そこへ恐ろしい場面として、お延がやって来て、階子段《はしごだん》を猫のように静かに上って津田の様子を窺《うかが》おうとするのである。

と、鋭いお秀の声が耳に入った。

お延は津田と秀子の話が「分明《ぶんみよう》」になるまで、じっと動かずに立《た》っていようかと考えたのだが、次のようなお秀の言葉が聞えて来て驚く。

……すると其時《とき》お秀《ひで》の口《くち》から最後の砲撃のやうに出《で》た「兄《にい》さんは嫂《ねえ》さんより外《ほか》にもまだ大事《だいじ》にしてゐる人《ひと》があるのだ」といふ句《く》が、突然《とつぜん》彼女の心《こゝろ》を震《ふる》はせた。際立《きわだ》つて明瞭《めい》に聞《き》こえた此一句ほどお延に取つて大切《たいせつ》なものはなかつた。同時に此一句程彼女にとつて不明瞭《ふめい》なものもなかつた。後《あと》を聞《き》かなければ、それ丈で独立した役《やく》にはとても立《た》てられなかつた。お延は何《ど》んな犠牲を払つても、其後《あと》を聴《き》かなければ気が済《す》まなかつた。然し其後《あと》は又何《まただ》うしても聴《き》いてゐられなかつた。

お延は際《きわ》どい刹那に覚悟をきめて、わざと静かに病室の襖を開ける。このあたり読者はよく出来た推理小説を読むような気分になる。

二人《ふたり》は果《はた》してぴたりと黙《だま》つた。然し暴風雨《ぼうふうう》が是《これ》から荒《あ》れようとする途中で、急に其進行を止《と》められた時《とき》の沈黙は、決して平和の象徴《シンボル》ではなかつた。不自然《ふしぜん》に抑えつけられた無言の瞬間には寧《むし》ろ物凄《ものすご》い或物《あるもの》が潜《ひそ》んでゐた。

次にバルザックではないが、小説中に金銭、財力の問題を匂わせることを漱石は忘れていない。『道草』にあっては金銭の問題は「匂わせる」どころでなく、全篇を蔽っていたが、『明暗』の夫婦をめぐっても、親からの送金を当てにするなど（入院手術の費用さえ津田一人では捻出できない）、金銭の問題が夫婦間にとぐろを巻いている。そこのところを引用しておこう。

彼（津田のこと――引用者）のお延に匂《にほ》はせた自分は、今《いま》より大変楽《らく》な身分にゐる若旦那であつた。必要な場合《ばあひ》には、幾何《いくら》でも父《ちゝ》から補助を仰ぐ事《こと》が出来た。たとひ仰がないでも、月々《つきぐ》の支出に困る憂《うれひ》は決してなかつた。お延と結婚した時の彼は、もう是丈《これだけ》の言責《げんせき》を彼女に対して脊負《しよ》つて立《た》つてゐたのと同じ事《こと》であつた。利巧《りこう》な彼は、財力に重《おも》きを置く点に於て、彼に優るとも劣らないお延の性質を能《（よ）》く承知してゐた。極端に云へば、黄金《ごん》の光《ひか》りから愛《あい》其物《もの》が生《うま》れると迄信ずる事《こと》の出来《でき》る彼には、何《（ど）》うかしてお延の手前を取繕《とり》はなければならないといふ不安があつた。ことに彼は此点に於てお延から軽蔑されるのを深《ふか》く恐れた。堀に依頼して毎月父《ちゝ》から助《す》けて貰《もら》ふようにしたのも、実は必要以外に斯《こ》んな魂胆が潜《ひそ》んでゐたからである。それでさへ彼は何処《どこ》かに烟《けむ》たい所《ところ》を有《（も）》つてゐた。少くとも彼女に対する内《うち》と外《そと》には大分の距離があつた。眼《め》から鼻《はな》へ抜けるやうなお延にはまた其距離が手に取《と》る如くに分《わか》つた。必然の勢ひ彼女は其所《そこ》に不満を抱《いだ》かざるを得なかつた。然し彼女は夫《おつと》の虚偽を責めるよりも寧《むし》ろ夫《おつと》の淡泊でないのを恨んだ。彼女はたゞ水臭いと思つた。

堀というのは妹、お秀の亭主の名である。

例の吉川夫人は津田の病室に来て、お延をめぐって、次のように言い立てる。それにしても吉川夫人のお延への反感には只ならぬものがある。

「あの方《かた》は少し己惚《（うぬぼ）》れ過《す》ぎてる所《ところ》があるのよ。それから内側《うちがは》と外側《そとがは》がまだ一致しないのね。上部《うはべ》は大変鄭寧《ていねい》で、お腹《なか》の中《なか》は確《しつ》かりし過《す》ぎる位確《しつ》かりしてゐるんだから。それに利巧だから外《そと》へは出さないけれども、あれで中々慢《なかくまん》気が多いのよ。だからそんなものを皆《み》んな取《と》つちまはなくつちや……」

夫人が無《ぶ》遠慮な評をお延に加へてゐる最中に、階子段《はしごだん》の中途《ちゆうと》で足《あし》を止《と》めた看護婦の声が二人《ふたり》の耳《み》、に入つた。

「吉川の奥さんへ堀さんと仰《おつし》やる方から電話で御座《ござ》います」

堀さんというのはここではお秀のことである。

吉川夫人のこんなお延への批評を黙って聴いている津田という男も、いささか呆れた夫と言わなくてはなるまい。同じ吉川夫人は今度は優柔不断な津田に向かって、次のように、やはり無遠慮に探りを入れ、津田は本心とは異なる返事をする。

「貴方《あなた》は清子さんにまだ未練《みれん》がおありでせう」

「ありません」

「ちつとも?」

「ちつともありません」

「それが男の嘘《うそ》といふものです」

嘘《うそ》を云ふ積《つもり》でもなかつた津田は、全然本当を云つてゐるのでもないといふ事《こと》に気が付《つ》いた。

「是でも未練があるやうに見えますか」

「そりや見えないわ、貴方《あなた》」

「ぢや何《ど》うしてさう鑑定なさるんです」

「だからよ。見えないからさう鑑定するのよ」


答えが本心ではない証拠に、津田は、清子がいるという湯河原と思われる温泉場へと向かう。このあたり、古い英国小説にあるような描写と、内心の問答が珍しいので、少し長いが『明暗』の文章を味読する意味でも引用しておきたい。


　馬車はやがて黒い大きな岩のやうなものに突《つ》き当《あた》らうとして、其裾をぐるりと廻り込《こ》んだ。見ると反対の側《がは》にも同じ岩の破片とも云ふべきものが不行儀に路傍《みちばた》を塞《ふさ》いでゐた。台上から飛び下りた御者はすぐ馬《うま》の口《くち》を取《と》つた。

　一方《ばう》には空《そら》を凌《しの》ぐほどの高《たか》い樹《き》が聳えてゐた。星月夜の光《ひかり》に映《うつ》る物凄《ものすご》い影《かげ》から判断すると古松らしい其木《(そのき)》と、突然一方に聞《き》こえ出した奔湍《(ほんたん)》の音《おと》とが、久しく都会の中《なか》を出《で》なかつた津田の心《こゝろ》に不時の一転化を与へた。彼は忘れた記憶を思ひ出した時《とき》のやうな気分になつた。

「あゝ、世の中には、斯《こ》んなものが存在してゐたのだつけ、何《ど》うして今迄それを忘れてゐたのだらう」

　不幸にして此述懐は孤立《こりつ》の儘《（まま）》消滅《めつ》する事《こと》を許《ゆる》されなかつた。津田の頭《あたま》にはすぐ是から会《あ》ひに行く清子《きよこ》の姿が描き出《だ》された。彼は別れて以来一年近く経《た》つ今日《こんにち》迄、いまだ此女の記憶を失《な》くした覚がなかつた。斯《か》うして夜路《よみち》を馬車に揺《ゆ》られて行《ゆ》くのも、有体《（ありてい）》に云へば、其人の影《かげ》を一図に追懸《おつかけ》てゐる所作に違《ちがひ》なかつた。御者は先刻《さつき》から時間《じかん》の遅くなるのを恐れる如く、止《よ》せば可《い》いと思ふのに、濫《みだ》りなる鞭《むち》を鳴《な》らして、しきりに瘦馬《やせうま》の尻《しり》を打《う》つた。失はれた女の影《かげ》を追ふ彼の心、其心を無遠慮に翻訳すれば、取《と》りも直さず、此瘦《やせ》馬ではないか。では、彼の眼前《がんぜん》に鼻《はな》から息《いき》を吹《ふ》いてゐる憐れな動物が、彼自身で、それに手荒な鞭を加へるものは誰《だれ》なのだらう。吉川夫人？　いや、さう一概に断言する訳には行かなかつた。では矢《や》つ張《ぱり》彼自身？　此点で精確な解決を付《つ》ける事《こと》を好《この》まなかつた津田は、問題を其所《そこ》で投《な》げながら、依然としてそれより先《さき》を考へずにはゐられなかつた。

　それこそ「不幸にして」、未完の小説『明暗』も、あと七〇ページを残して、はや終りに近いのだ。清子という、お延とは別の、お延以前に津田が執着していたもう一人の女については、読者は残念なことに、はっきりしたイメージを摑むことができないままに終る。

　ともあれ温泉場に着いた津田は眠れない一夜を過ごし、やっと清子の部屋を訪ねる。

「昨夕《ゆふべ》は失礼しました」と、津田は清子に言う。「私《わたくし》こそ」と、清子の返事はすらすらと出て来る。

「此女《おんな》は今朝《けさ》になつてもう夜《よる》の驚ろきを繰り返す事《こと》が出来ないのかしら」と津田は疑う。津田は前夜、一風呂浴びたあと、宿屋の廊下を歩き廻り、そこで清子と遭遇したのであった。岩波版全集の六三六ページのあたりである。

「是は女だ。然し下女ではない。ことによると……」

不意に斯《か》う感付《づ》いた彼の前《まへ》に、若《も》しやと思つた其本人が容赦なく現はれた時、今しがた受《う》けたより何十倍か強烈な驚ろきに囚《とら》はれた津田の足《あし》は　忽《（たちま）》ち立ち竦《すく》んだ。眼《め》は動《うご》かなかつた。同じ作用が、それ以上強烈に清子を其場《ば》に抑へ付《つ》けたらしかつた。階上の板の間《ま》迄来《き》て其所《そこ》でぴたりと留《と》まつた時《とき》の彼女は、津田に取つて一種の絵《ゑ》であつた。彼は忘れる事《こと》の出来《でき》ない印象の一つとして、それを後《のち》々迄自分の心《こゝろ》に伝へた。

彼女が何気なく上《うへ》から眼《め》を落《おと》したのと、其所《そこ》に津田を認めたのとは、同時に似て実は同時でないやうに見えた。少くとも津田にはさう思はれた。無心が有《ゆう》心に変《かは》る迄にはある時《とき》が掛《かゝ》つた。驚ろきの時《とき》、不可思議の時《とき》、疑《うたが》ひの時《とき》、それ等を経過した後《あと》で、彼女は始《はじ》めて棒立《だち》になつた。横《よこ》から肩《かた》を突けば、指《ゆび》一本の力《ちから》でも、土《つち》で作つた人形を倒すより容易《たやす》く倒せさうな姿勢で、硬《かた》くなつた儘《（まゝ）》棒立に立つた。

清子はそのとき無警戒でいたのである。手にタウェル（タオル）を提《さ》げ、石鹸入れを持っていた。赤だの青だの黄だの、色《いろ》々な縞《しま》の派手な伊達巻を巻いた寝巻で、寝巻の下の長襦袢《ながじゆばん》の色《いろ》が、素足の甲を被《おお》っていた。

清子の身体《からだ》が硬《かた》くなると共に、顔《かほ》の筋肉も硬《かた》くなつた。さうして両方の頬と額の色《いろ》が見る〳〵うちに蒼白く変《かは》つて行《い》つた。其変化がありくと分《わか》つて来《き》た中頃《なかごろ》で、自分を忘れてゐた津田は気が付《つ》いた。

「何《ど》うかしなければ不可《いけな》い。何処《どこ》迄蒼くなるか分《わか》らない」

津田は思ひ切つて声を掛《か》けやうとした。すると其途端に清子の方が動《うご》いた。くるりと後《うしろ》を向《む》いた彼女は止《と》まらなかつた。津田を階下に残した儘、廊下を元《もと》へ引き返《かへ》したと思ふと、今迄明《あき》らかに彼女を照《て》らしてゐた二階の上《あが》り口《くち》の電燈《とう》がぱつと消《き》えた。津田は暗闇《くらやみ》の中で開《あ》けるらしい障子の音《おと》を又聴《き》いた。

このあたりが、『明暗』でも、いや漱石の小説のすべての中でも、珍しく色っぽく、女は女っぽく、男女間の緊張を捉えた場面と言っていいかも知れない。あるいは『明暗』がこのまま書き続けられたとしたなら、清子はその真の姿を現わして、性的でもある恋愛小説〈お延という妻もいるから複雑な〈不倫小説〉〉が展開したとの仮定も成り立つ。

清子は狼狽するが、それが翌日になって清子の部屋を訪ねると、前夜とは違って、冷静さを取り戻し、すっかりよそよそしくなった女を見出すことしかできない。

そうこうするうちに、ようやく二人の間には少しばかり緊張が生じる。清子が「貴方《あなた》は大分彼所《あすこ》に立《た》つてゐらしつたらしいのね」と探りを入れるのに対して、津田は「僕が待ち伏《まぶ》せをしてゐたとでも思つてるんですか、冗談ぢやない」と言い返す。清子が「貴方《あなた》はさういふ事《こと》をなさる方《かた》なのよ」といささか挑発気味に洩らすのに対して、次のような展開となる。


「待伏《まちぶ》せをですか」

「えゝ」

「馬鹿にしちや不可《いけ》ません」

「でも私《わたくし》の見《み》た貴方《あなた》はさういふ方《かた》なんだから仕方《しかた》がないわ。嘘《うそ》でも偽りでもないんですもの」

「成程」

　津田は腕《うで》を拱《こまぬ》いて下《した》を向《む》いた。


『明暗』も、もう終りに近い。「然し考へると可笑《おかし》いわね、一体何《ど》うしたんでせう」「私《わたくし》吉川の奥さんにお見舞を頂《いたゞ》かうとは思はなかつたのよ。それから其《(その)》お見舞をまた貴方《あなた》が持つて来て下さらうとは猶更《(なほさら)》思はなかつたのよ」と清子は言う。津田は「さうでせう、僕でさへそんな事《こと》は思はなかつたんだから」と思う。そのあとは次のようになっている。


……其顔《かほ》を眤《じつ》と見守《みまも》つた清子の眼《め》に、判然《はつきり》した答《こたへ》を津田から待ち受けるやうな予期の光《ひかり》が射《さ》した。

彼は其光《ひかり》に対する特殊な記憶を呼び起《おこ》した。

「あゝ此眼《め》だつけ」

二人《ふたり》の間《あひだ》に何度も繰り返《かへ》された過去の光景《シーン》が、あり〳〵と津田の前に浮《う》き上《あが》つた。其時分の清子は津田と名のつく一人《ひとり》の男を信じてゐた。だから凡《(すべ)》ての知識を彼から仰いだ。あらゆる疑問の解決を彼に求めた。自分に解《わか》らない未来を挙《あ》げて、彼の上《うへ》に投《な》げ掛《か》けるやうに見《み》えた。従《したが》つて彼女の眼《め》は動《うご》いても静《しづか》であつた。何か訊《き》かうとするうちに、信と平和の輝《かゞや》きがあつた。彼は其輝きを一人《ひとり》で専有する特権を有《も》つて生れて来たやうな気がした。自分があればこそ此眼《め》も存在するのだとさへ思《おも》つた。

二人《ふたり》は遂に離れた。さうして又会つた。自分を離《はな》れた以後の清子に、昔の儘《まゝ》の眼《め》が、昔と違《ちが》つた意味で、矢《や》つぱり存在してゐるのだと注意されたやうな心持のした時《とき》、津田は一種の感慨に打《う》たれた。

「それは貴女《あなた》の美くしい所《ところ》です。けれどももう私を失望させる美しさに過ぎなくなつたのですか。判然《はつきり》教へて下さい」

津田の疑問と清子の疑問が暫時《ざんじ》視線の上で行き合つた後《あと》、最初に眼《め》を引《ひ》いたものは清子であつた。津田は其退《ひ》き方《かた》を見た。さうして其所《そこ》にも二人《ふたり》の間《あひだ》にある意気込《(いきごみ)》の相違を認めた。彼女は何処《どこ》迄も逼《(せま)》らなかつた。何《ど》うでも構《かま》はないといふ風《ふう》に、眼《め》を余所《よそ》へ持《も》つて行つた彼女は、それを床《とこ》の間《ま》に活《い》けてある寒菊の花の上《うへ》に落した。

眼《め》で逃《に》げられた津田は、口《くち》で追掛《おつか》けなければならなかつた。

清子の眼を捉えたここのところが、津田にとっての清子という女の魅力らしい魅力を、作者漱石がようやく語り得た個所である。このあとたった三ページ、これからというところで『明暗』は漱石の死によって中断される。そうして清子という女は謎のままに残された。

十川信介の『明暗』論（「地名のない街」）には、「もし津田が〈馬鹿〉になって清子に対することができたなら」という仮定が出て来て興味深い。谷崎の『明暗』論にもいくらか通じる仮定である。もしそれが可能なら、「彼は自分の思考方法だけでなく、それを自明のこととして動く世界の、巨大な制度性に気づいたかもしれない。だが〈臆病〉で〈利口〉な彼は、問題のとば口を徘徊するばかりで決して危険を冒すことはないし、したがって〈実券〉（百三十九）を握ることもできない」。百三十九というのはこの長篇連載小説の章の数字である。

津田はあくまで受け身の人間なのだ。そこのところに若い谷崎も苛立ったのだ。

小説の冒頭の痔の手術の医師の言う「根本的の治療」は、津田の性格が、また生き方が変わる以外には不可能であろう。しかし津田という何事にも受け身の近代人は馬鹿にはなれず、危険を冒すことは困難だ。ただ四百字詰原稿用紙でもう四百枚ないし五百枚の『明暗』の後半部が書かれたなら、津田の世界は変らないとは断言できない。それも清子を契機にして。

大正三年（一九一四）、ヨーロッパに第一次世界大戦が勃発し、日本も参戦し、大戦が終らぬうちに漱石は没した。

漱石、夏目金之助の内面のヴェルダンの戦いは、『明暗』全六八八ページに、今なお繰り返して読むことができる。『明暗』と同時期のフランスでは、プルーストがコルク張りの部屋に閉じ込もって二十世紀小説を代表する大作『失われた時を求めて』を書き継いでいた。

谷崎の『門』や『明暗』批判から始めたが、谷崎は「藝術一家言」のしめくくりとしてバルザックを持ち出し、バルザックも小説の中で長ったらしい議論を言ったり物識りを発揮したりするが、バルザックの人物の理屈は、「その中心の熱情が迸《ほとばし》り出たものであって、漱石氏のそれのように後から取って附けものではない」と強調するのである。谷崎はそう言いつのるのだが、いきなりヨーロッパ小説に匹敵する長篇小説《ロマン》を書かねばならなかった漱石には、先に言ったように今しばらくの時が必要であった。

千谷七郎著『漱石の病跡』を読む

古書店でたまたま千谷七郎著『漱石の病跡』（一九六三年——勁草書房刊）を見つけ、さっそく買い求めて、翌日旅先で一気に読み、これは紹介するに価する本だと思ったので何ヵ所かを引用しておきたい。いかなる人が先に読んだのか、本にはすでにすっかり褪色した一葉の公孫樹《いちょう》の葉っぱが挟んであった。

要するに千谷七郎のこの『漱石の病跡』は、一人の精神科医の読み抜いた『行人』についての論である。なかでも感動的と言っていいのは、二〇四ページの第六章、「『行人』以後における、硝子戸の中の微笑」という個所である。そこのところを先に読んでおこう。

千谷七郎は、『硝子戸の中』（大正四年——一九一五年の一月、二月に「朝日新聞」に連載された随想）の最終回は、「恐らく漱石全文章中の一番美しい文章の一つではなかろうか」と言う。

最終章の千谷が引用するのは次の十行ほどの文章である。

……私の冥想は何日迄《いつまで》坐つてゐても結晶しなかつた。筆をとつて書かうとすれば、書く種は無尽蔵にあるやうな心持もするし、彼《あれ》にしようか、是にしようか迷い出すと、もう何を書いても詰らないのだといふ呑気な考も起つて来た。しばらく其所で佇ずんでゐるうちに、今度は今迄書いた事が全く無意味のやうに思はれ出した。何故《なぜ》あんなものを書いたのだらうといふ矛盾が私を嘲弄し始めた。有難い事に私の神経は静まつてゐた。此嘲弄の上に乗つてふわ〳〵と高い冥想の領分に上《のぼ》つて行くのが自分には大変な愉快になつた。自分の馬鹿な性質を、雲の上から見下《みおろ》して笑ひたくなつた私は、自分で自分を軽蔑する気分に揺られながら、揺籃《ようらん》の中で眠る子供に過ぎなかつた。

著者の千谷は次のように説く。少し長いが書き写しておきたい。

「何気なくさらっと綴られている、この簡潔な〈有難い事に私の神経は静まつてゐた〉という文句には漱石無限の意が掬み取れるように思う。この文句には何の説明もいらない。あの『行人』における一郎の孤独な苦悩が神経の焦ら立《い》ちの故であったことを思えば足りる。恐らく第八回の女性に〈凡《す》べてを癒す『時』の流れに従つて下れ〉と言つた時、実際には鬱病は回復していたと思われる。回復の始まりには意識はまだそれまでの記憶に曳きずられていて、肉体過程の実際の回復に直ぐには気づかないことが多いからである。回復状態が幾日か続いてみて、始めてそれが意識に上《のぼ》って〈静まつてゐた〉或は〈回復してゐた〉と、謂わば現在完了形のような含みをもった発言となる。そう見れば数日前に〈もしそれが生涯つゞくとするならば、云々〉と条件法で述べられているところにも意識と現実との微妙なずれが観取されて面白い。

ともかく鬱病という病気は、回復すればはっきり自分で回復したとわかる病気である。併し漱石は一般の人以上に自分の心理観察に勝れていただけに、此処の一文の一語一語には鬱病回復期の様子が、実によく叙されていて、思わず漱石無限の意などと出てしまったわけである……」

第八回の女性とあるのは、『硝子戸の中』の第八回に出て来る「彼女」を指している。

著者はさらに続ける。

「何故《なぜ》あんなものを書いたのだらうといふ矛盾が私を嘲弄し始めた」とも（漱石は『硝子戸の中』の最終回に――引用者）書いている。「〈死は生より尊《たつと》い〉など、全くの戯言《たわごと》であった。恐らく漱石の臆裡《おくり》の何処かに、論語の〈未《ダ》レ知《ラ》レ生《ヲ》、焉《イズクンゾ》知《ラン》レ死《ヲ》〉などが、それと意識はされないが、揺曳していて、愉快に〈私を嘲弄し始めた〉のではなかったろうか。以後漱石からは、厭世的な言葉は全く影を消してしまう」

私は今迄他《ひと》の事と私の事をごちや〳〵に書いた。他の事を書くときには、成《な》る可《べ》く相手の迷惑にならないやうにとの掛念があつた。私の身の上を語る時分には却つて比較的自由な空気の中に呼吸することが出来た。それでも私はまだ私に対して全く色気を取り除き得る程度に達してゐなかつた。嘘を吐《つ》いて世間を欺く程の衒気《げんき》がないにしても、もつと卑しい所、もつと悪い所、もつと面目を失するやうな自分の欠点を、つい発表しずに仕舞つた。（中略）私の罪は――もしそれを罪と云ひ得るならば——頗《すこ》ぶる明るい処からばかり写されてゐただらう。其所《そこ》に或人は一種の不快を感ずるかも知れない。然し私自身は今其不快の上に跨《また》がつて、一般の人類をひろく見渡しながら微笑してゐるのである。今迄詰らない事を書いた自分をも、同じ眼で見渡して、恰《あたか》もそれが他人であつたかの感を抱きつゝ、矢張り微笑してゐるのである（『硝子戸の中』最終回の漱石の文章）。

「私はこれを〈硝子戸の中の微笑〉と呼んでおこう。これを明治四十三年の修善寺大患後の『思ひ出す事など』の第十四回に書いている漱石の微笑と較べて見るならば、その会心の深さに雲泥の差を見出す」（「硝子戸の中の微笑」と名付けているのは著者千谷七郎である）。

「会心《かいしん》」というのは心の中ではっきりと悟ることのようだ。

「〈神経が静まって〉しまえば、神経医もそろそろ退場しなければならないかも知れない」と、ユーモアを込めて千谷（精神科医）はこの一文を閉じる。

千谷の〈行人〉論に移ろう。

わたしがなるほどと思ったのは次の個所である。

「今更『行人』の字義などについて文学に専門外の私などが述べるまでもなく既に明瞭なことと思っていたところが、漱石全集の小宮豊隆氏の解説では行人に使者の意味があることは指摘していながら解釈に苦しんでいられて、結局決まっていないのを見て一寸驚いた」

「〈行人〉は論語に出て来る語で、外国からの使者などの意味もあるが、漱石の用いたのは使者、走り使いの意味である。つまり論語の用例そのままではないが、それに撰《えら》んでいるのである。即ち『行人』における行人は二郎であって、一郎ではない。このことは『行人』一篇における草子地（会話部分ではなく地の文章ということであろう――引用者）の一人称は二郎で終始していることを見れば一層明白であろう。そして二郎が母や兄の使い走りとなって動くことによって事件が動き、筋が運ばれて、結局は一郎の性情と容態が浮彫りにされて行く仕組みなのである。

今度こんなものを書くようになったので、念の為に手許の諸橋大漢和辞典を調べて見たら、前記論語の用例の外に、使者の通称として管子の侈靡《しびへん》篇の用例を挙げて、行人可不有私とあるのがあった。使者は私があってはいけない、という意味のようであるが、恐らく吾々とは比較にならないぐらいに漢籍の素養のあった漱石のことであるから、この意味を含んで二郎の性格属性として与えていたであろうことは容易に想像される。一郎が〈二郎実は頼みがあるんだが……実は直《なほ》の節操をお前に試《ため》して貰ひたいのだ〉と切り出す切っ掛けに、〈二郎御前は幸ひに正直な御父さんの遺伝を受けてゐる。それに近頃の、何事も隠さないといふ主義を最高のものとして信じてゐるから聞くのだ。……〉としているところを見ても首肯《しゆこう》されるであろうし、また使者はそういう性格にしなければ使者の役目は果せないであろう」

このあたり、なるほど、〈行人〉とは、使者、使い走りの意味で弟の二郎のことかと、小説『行人』の読みを確かに千谷は深めてくれた。手もとにある『大辞林』を引くと、「道を歩いて行く人。また、旅人」とあり、次に「使者」と出ている。普通だったら〈行人〉は兄一郎のことで、道行く旅人のことでもあろうかと受け取りやすい。

『行人』をめぐっての著者の追究には、なお多くの聴くべきところがあるが、このあたりにとどめることにする。

千谷は本の最終部分に、附録として「病跡とは何か」という一文を載せ、そこに思いがけないことに其角の句を引いている。わたしは『〈虚栗〉の時代――芭蕉と其角と西鶴と』（みすず書房）という本を書いたことがあるので（一九九八年）、なおさらその意外さに打たれないわけにはいかなかった。病跡学と其角とは！

「試みに同じ〈時雨《しぐれ》〉を題材にする四つの詩を並べて見よう。此の四人には詩才としての造形力には殆ど差異は認められないであろう。

世にふるはくるしきものを真木の屋に
　やすくもすぐる初しぐれかな　（二条院讃岐）
世にふるもさらに時雨のやどりかな　（宗祇）
世にふるもさらに宗祇のやどり哉　（芭蕉）
夢よりか見はてぬ芝居村時雨　（其角）

それぞれに前者を踏まえつつ詩作された趣が辿られるのではあるが、人世と時雨と組ませながら、時代と人柄がそれぞれによく観取せられる。私如き国文学の門外漢にも直ぐ感じられる事は、初一首は無論、中二句にしても何時でも詩の中の作者に直ぐ突き当ることである。そしてその突き当るまでの或る距離の感じで吾々は浅い深いを感じているのである。そして此の三つは順々に深いということになるのであろう。結局実世間からの離れ加減にあるようである。それは無常観を攻めると表現されて来ている伝統のその攻め方の浅深強弱の度合であるらしい。然し最後の其角の句になると読んでいるうちに作者が居なくなる。突き当る底がないから深いも浅いもない。ただほのぼのとした、何か憑きものでも落ちたような笑いの明るさが残るだけである」

其角についての材料を、千谷七郎は、わたしも大きく恩恵を受けた故今泉準一の論文に得ているようだ。

わたしはここでニーチェの山を登ることをやめて野原を歩き始めた詩人西脇順三郎を思い出す。西脇はその数多い詩の中で、ついに「私」とか「わたし」という人称を用いなかった。

漱石とおないどしの小説家・露伴ノート

『行人』は何と言っても読んで苦しい小説である。
ところでごく最近、岩波の「文学」（二〇〇五年一・二月号）の幸田露伴特集に収められた池澤一郎の論文、「露伴の〈両端〉往還」を読んでいて、昭和二十二年の三好達治による、「露伴文學には、人世のダーク・サイドの嗜好がない」との一句が引用されているのを実に久しぶりに眼にした。池澤氏はそこで、「三好の露伴論の真意は、むしろ以下のようなくだりに存した」と言う。

露伴が心理家でない譯《わけ》もなく、露伴が思想家でない譯もなく、まして露伴の世界が狭隘な譯でもさらさらない。ただ露伴はそれらを覆って、一つの遊戯氣分で、——幾分は道釋的な幾分は江戸っ児的ないはばこの人に於ける一箇結論的哄笑でもって、一切を人寰《じんかん》外にはこび去ろうとする意慾が旺《さか》んだ。旺んにすぎるほど旺盛だ。もと露伴は道楽氣の旺んな人だ。執着的沈潜的の側ではない。

〈人寰〉というのは俗人の住む世間のことを言う。

漱石の『行人』はとりわけ「執着的沈潜的」であって、わたしは自分がかつて書いた露伴の小説についての論（大きく改稿）を、漱石の『行人』や『道草』や『明暗』とは別世界のものとして、ここで見直してみたい気になった。

露伴は江戸最後の年に生を享け、明治に育った、偶然にも『行人』『明暗』の作者とおないどしの文学者なのだ。それでいてこれほど対蹠的な二人もいない。

池澤一郎は露伴の「野道」を取り上げる。これこそ「一切を人寰外にはこび去ろうとする意慾」の作であり、かつて篠田一士はこれを名品とし、「そこには粋なデリカシーが躍動し、ときとして、西脇順三郎の詩に通じるようなモダニスティックな感性のよろこびさえ汲みとることができる」とした（『幸田露伴のために』岩波書店、一九八四年）。

池澤氏はこう続ける。「人はこれを正宗白鳥の〈神経の太い、頭の古い、古武士〉という露伴への酷評（『作家論』〈幸田露伴〉、一九二八年）に憤激するあまりに篠田氏が発した溢美過褒の言ととるであろうか。わたくしは篠田氏の評に満腔の賛意を表する。露伴の「野道」のよさは、一代の学匠詩人西脇順三郎の詩篇と対比することで克明に浮かび上がる」

こう言って池澤氏は西脇順三郎の詩集『近代の寓話』の中の一篇、「夏（失われたりんぼくの実）」の一節を引用するのだ。

一哩も深沢用賀の生垣をめぐる

オー　ジューピテル！

あらゆる生垣のわきをさまよった

以上、池澤氏の、白鳥による露伴への誤解を批判し、ついで篠田一士の露伴への傾倒に賛意を表し、一転して思いがけず、わたしの敬愛する詩人西脇と露伴を並べて見せた論を紹介した。そうしておいて、以下わたしの露伴論、と言うより露伴の小説はいかなるものかを紹介したいと思う。漱石とおないどしの小説家が、漱石とはいかに異質の、異形の小説をものしているかを確認しておきたい。かつて中村真一郎と文学的雑談に耽っていて、漱石や芥川を愛する作家が、露伴には興味を示すことがなかったのを思い出した。ところがわたしは西欧文学から遠いと言っていいこの文豪に魅力を覚えるのである。

露伴の明治二十四年（一八九二）の長篇『いさなとり』をわたしは特に愛読するので、少し長くなるが、順を追って見て行くことにしよう。露伴二十四歳、片や漱石は、一種憧れていた嫂《あによめ》の登世《とせ》が若くして死に、登世を偲ぶ句をつくっていた。子規の生家を訪ね、虚子を知るのは翌年である。幸田露伴は漱石に較べると、はるかに早熟だったわけである。

主人公の彦右衛門は十四歳で下田を飛び出し、京都に辿り着き、そこで佐十郎と名乗る老人に拾われる。老人は、染屋の井桁屋の主人となっていて、愛嬌たっぷりの二十か、二十一に見える、お俊という女房もいる甥の庄兵衛の店に連れて行く。以来彦右衛門はこの庄兵衛の染屋に三年いて、ひとかど役に立つようになっていた。

佐十郎には実は惣五という息子がいたが、喧嘩の果てに人を殺してしまい、すすめられて九州の北方、池月島（生月島《いきつきしま》）へ逃れる。

惣五に再会した佐十郎は、「池月といふは何《ど》のようなところか」と訊く。

「池月といふ平戸《ひらど》の属島《ぞくたう》、城下《じやうか》よりは西へ三里ばかりの沖中《おきなか》で、西北《にしきた》の方《かた》見渡せば波漫々として空と連《つら》なり、入日《いりひ》も月も水烟りの中に落つるほど果《はて》しない大海《だいかい》、遙《はるか》に朝鮮國《てうせんこく》に對《むか》ふて居るなれば云はば此邦《くに》の端《はし》」と惣五は答える。そこは一島みな鯨とりをしているという。

一方、十七になった彦右衛門は、放蕩三昧で家に帰らぬことも多くなった亭主の庄兵衛に焦《じ》れたお俊と、ひょっとしたことから間違いを犯し、惣五の話に聞いた池月という島を見たくなり、惣五にも会って身の行末を相談しようかと思うようになる。

この小説『いさなとり』は、色模様はさしたることはないが、荒々しい乱闘の場面が繰返し現われて、その描写には読む者の息をはずませる激しい勢いがある。同年生まれと言っても、紅葉や漱石といかに異質の小説家であることか。紅葉と漱石も異質だが、漱石と露伴は驚くほど異なるテーマと文体を持っていた。

次は京都を脱け出して広島に流れついた彦右衛門が人を殺してしまうシーンである。

横合《よこあひ》より、そりやこそと跳《をど》り出《いで》たる政太郎、盗賊《どろぼう》めと罵りながら三尺餘りの生木《なまき》の棒にて向臑《むかうずね》拂へば、後より飛んで掛りし彦右衛門、倒れかゝる勝が横面《よこづら》を棒も折れよと無言で擲《たゝ》く其間《ま》にまた一つ政太郎が食《くら》はするとき、流石《さすが》は悪徒《あくたう》の度胸を定《すゑ》ること早く、汝等《うぬら》は人に頼まれたな、打《ぶ》つなら勝手に打《ぶ》つて見よ打《ぶ》たれて萎《ひる》む我《おれ》では無いは、さあ打《ぶ》て打てと突立《つつた》つ勢《いきほひ》、それに呑まれて少しは小氣味わるさに初めの意氣込《いきごみ》抜けたる政太郎、流石《さすが》に後へは引きかねて、何吐《ぬか》す盗賊《どろぼう》めと打ち下《おろ》す棒端《ぼうさき》とゞかず地をたゝく、此時遅く彼《かの》時早く手元に付け入る鯱鋒の勝、喧嘩には覺えあれば身のこなし疾《はや》く突然《いきなり》政太郎が有《も》ちし棒を奪へば、奪はれて取りかへさんと揉み合ふ途端、彦右衛門は充分《したゝか》勝が肩先たゝく、勝は政太郎が下腹《したはら》を蹴る、意地の無ければ度《ど》を失つて逃げ足いだす政太郎に關《かま》はず、汝小癪《おのれこしやく》なと彦右衛門を打つ、打たれて勃然《ぼつぜん》と怒りを起せし彦右衛門、今は我を忘れ打たるゝも關《かま》はず負《まけ》じ根性《こんじやう》飽《あく》まで募れば必死となつて打ち合ふところへ、六尺棒もつて出來《いでき》たりし銀次郎、憎さも憎しと勝が背中を力一杯に撞《つ》けば蹌踉《よろめ》きかゝる其所《そこ》を、思ひ知れと彦右衛門が横なぐり、急所にあたつて動《どう》と倒るゝところを口惜《くや》しまぎれに二人《ふたり》して滅多擲《めつたなぐ》りに打《なぐ》りたてつ、遂に息をば止めにけるが、殺さんとまではおもはざりし銀次郎彦右衛門、悪徒とは云へ盗賊《どろぼう》の證據ありとは云へ勝手に殺せし罪は免《のが》れず、今更二人《ふたり》顔見合《みあは》する時天空《そら》には燦《さん》たる星の影、きらめく光りの物凄く、風さへ急に薄寒し。

次の乱闘場面は、池月島に移って時経って、彦右衛門が女房にしていたお新という女が、金四郎というならず者と密会していたのを知り、彦右衛門が怒り心頭に発した行動を写している。これも少し長い引用になるが、二十四歳の血気さかんな露伴のエネルギーにみちた筆の勢いを見ておくことにしよう。

　怒火《どくわ》心を焦《こが》しては手の動きやうも足の動きやうも自分ながら分らずなり、おもはず知らず他《ひと》の頭《づ》上《じやう》に拳《こぶし》も加へ脾腹《ひばら》を足蹴《あしげ》にもするものなるに、まして堪《こら》へ〳〵し彦右衛門の今しも打つてかゝらるゝに堪《こら》へきれずなり、目前に呻吟《うめ》き居る茂助の様《さま》見て堪へきれずなり、奮然として叱する一聲、飛鳥《ひてう》のごとく身を躍《をど》らせて打下《うちお》ろし來る棒に空《くう》を薙《な》がせ、鐵拳早くも金四が加勢の一人《ひとり》の面《おもて》を鼻血の出るほど充分《したゝか》撲《なぐ》れば、前後左右より其間《ま》に亂打を逞《たくま》しくする四人、彦右衛門も幾箇《いくつ》かの瘢痕《あざ》、幾箇《いくつ》かの疵蒙《かうむ》りしが、痛みも痒《かゆ》みも覺えばこそ、眼の中《うち》怪しき光を發して紅色《くれなゐ》かゞやく顔面《おもて》の上、首筋まで赤うなつて荒れに荒れたてば、固《もと》より力量《ちから》は勝《すぐ》れたり憤怒《ふんぬ》に意氣は鋭くなつたり、縱横無盡に臆せず萎《ひる》まず打ちつ撲《たゝ》きつ我を忘れて闘ふを、他所《よそ》より見なば小兒《こども》らしくもあれ當人は一切《いつさい》夢中、入り亂れて挑《いど》み争ひしが此方《こなた》は飽《あく》まで免《ゆる》さゞる覺悟、彼方《かなた》は金四郎のみ彦右衛門を眞實打ちも殺さん所存なれど、其他《た》は左《さ》まで決心の臍《ほぞ》固めたるにもあらねば、餘りの烈しき彦右衛門が勢《いきほひ》に恐《おそれ》をなして一人《ひとり》逃げ二人《ふたり》逃げ三人逃げ、殘るは金四郎一人《ひとり》となりぬ。

『いさなとり』には、お俊にせよ、お新にせよ、愛すべからざる女が多く出て来る。それにしても露伴には不実な女や幻の女ばかりが、何故出て来るのだろうか。紅葉の描くお宮のような女性、漱石初期のロマンティックで詩的幻想的女性たちとはまるで異なる。池月島で女房にまでしたお新のごときは、その淫らさで主人公の彦右衛門を悩ませ、ついに悲劇を呼ぶのだが、露伴の『風流佛』の岩沼令嬢となってしまったお辰、『対髑髏』の妙《たへ》、『一口剣』の五十両をひっさらって逃げたお蘭、みな愛すべからざる女ばかりである。それはどこから来るものなのか、露伴の若いころに何があったのかはわたしには不明である。ただ、元来が露伴は法華宗であり、悪人成仏、女人成仏がその根幹にある。悪女好みの作品も、この観点から見るならば何がなし、わかって来なくもない。

広島を離れた若い彦右衛門が平戸から遥か沖の池月島（現・生月島《いきつきしま》）に辿り着いた時（わたしは一九六〇年代の後半に、かくれキリシタンの跡を見るために一度荒海に揺られながらこの生月島に行ったことがあり、拙作『小説平賀源内』にその時の見聞を生かしてある）、惣五は、「やあ汝《そなた》は彦ではないか」と声をかけてくれる。そこは島の男たちの車座に居並んだ座敷の中だった。

彦右衛門は二十七歳となり、一人前の鯨漁の羽指《はさし》（勢子船《せこぶね》に乗る頭格《かしら》）となる。そこに金四郎という悪党が現われ、彦右衛門へのねたみから、乱暴を働く。そこにお新という女が現われ、彦右衛門はよく確かめもせずこの女を女房とし、「是《これ》よりおもはぬ大難大罪をひきいだす」に至った。やがて惨劇は起こる。彦右衛門はお新と傳太なる間男と、お新の継母を殺害する。その直前、動転した悪女お新が傳太に渡したのは鯨の骨剥斧《ほねはぎおの》だった。彦右衛門の外腿《そともも》は切られて血はさっと迸《はし》った。彦右衛門はさすがに赤ん坊の新太郎は殺すことができなかった。

もはや日本に留まることはできない彦右衛門は朝鮮に流れ、苦労の末、ようやく日本に戻って来る。この鯨魚取《いさなとり》は、すでに昔に異なる柔和三昧の四十歳となっていた。京都では惣五の案内で佐十郎や庄兵衛の墓参をすませ、三條小橋にさしかかると、五十の坂を越してなお生気にみちた「見るに面憎《つらにく》きお俊」に出会う。

露伴の作中人物の女たちへの警戒心はすさまじく、時にはほとんど滑稽なほどだが、この彦右衛門も下田に帰り、雇い入れた忠助夫婦の世話で穏やかな妻を迎え、お染という娘も生まれ、お染を嫁がせてようやく物語は終る。

この小説で何よりも驚かされるのは、若い露伴の筆力の、ほとんど暴力的と言っていい力強さである。『いさなとり』の活力のすさまじさはメルヴィルの『白鯨』に匹敵し、小説というものが、ある場合には、常識的な善悪などをはるかに越えた欲望と欲望の衝突であり、生命力の深さなのだと悟らされる。ひょっとして『いさなとり』の小説世界を解読するには、法華宗信者の露伴ではあるが、空海の『秘密曼荼羅十住心論』における、悪と菩薩の恐るべき教えでも持って来るほかないのではあるまいか。

さて『いさなとり』を書き上げてから一年あまり経った頃、「國民の友」（明治二十六年三月）に、次のような匿名の記事が出た。

幸田露伴は、文学界の変物也、郡司大尉は、軍人社会の変物也。変物たるの点に於ては、兄弟頗《すこぶ》る相似たり。郡司大尉は、近日、壮士七十六人と與《とも》に、端艇六隻を隅田の上流に艤し、先ずシュコタンの松ケ浜を指して、千島探検の道に上らんとす。……久しく眠れる弟露伴、豈《あ》に此壮図に匹すべき大作なくして可ならんや。

これに応ずるように書きはじめられた大作が『天《そら》うつ浪』であろうか。『天《そら》うつ浪』は明治三十六年（一九〇三）、露伴三十七歳の時、「読売新聞」に連載され始めた小説である。同じく三十七歳の漱石はロンドンから帰国し、翌年『吾輩は……』の第一章を書く。『天《そら》うつ浪』はこの明治三十七年に中絶し、やがて再開されはしたが、三十七年五月に未完のまま終った。以後短篇中篇はいくつか書かれるものの、露伴は小説からは離れて行き、次に小説と言える作品をものするには、漱石死後三年目の大正八年（一九一九）の『運命』まで待たなければならない。

未完ではあったが二十世紀の初めに世に出た長篇小説『天《そら》うつ浪』とは、どのようなものだったか。「見はらし」という楼上の一室に、四人の男が大胡坐《おおあぐら》で酒を飲んでいる。一人は羽勝《はがち》千造という船人《ふなのり》であり、山瀬荒吉は新聞記者、日方《ひかた》八郎は荒々しい陸軍少尉である。さらに島木萬五郎という相場師がいて、欠席者は三人ということになっている。

七年前、宇都宮の二荒山《ふたらさん》神社で、七人の野州《やしゅう》（下野《しもつけ》の国）の田舎漢《いなかもの》が、将来力になり合おうとかたい約束を交わした。欠席者の一人は北海道におり、もう一人は病中だが、けしからぬことに水野静《せい》十郎という詩人志望の小学教師は、恋愛に陥って苦悶し、そのためにこの会には来れないという。日方は憤激する。

イヤ怪《け》しからん、實に怪しからん。何だ！　愚劣極まる！　馬鹿〻〻しい。ナニ！　戀愛に陥《おちい》つて苦悶しちよる、それで朋友の集會にも出席しないと？　たツ白痴野郎《たはけ》め、何といふ事《こつ》た。そんな愚《ぐ》な奴では無かつたが、魔にでも憑《つ》かれ居つたか。

二十世紀の初め、恋愛は是か非かの議論がさかんに行なわれ、こうした乱暴な日方陸軍少尉のような否定論者もいたものと思われる。相場師の島木や、船乗りの羽勝はそれとは意見を異にして、かえって水野に同情している。

水野が夢中になっているのは、岩崎五十子《いそこ》という女教師で、「極《ごく》可愛らしい惚れぐ〳〵するといふやうな顔立では無いけれど、眼の清《すゞ》しい鼻の高い端然《しゃん》とした女」だという。ところが五十子《いそこ》のほうは水野にいい顔をしない。その上五十子は重い病いで伏せってしまった。しかし水野はなおもこの女に恋着する。水野は竹芝の浦の宴のあったまさにその日、東武線の鐘淵《かねがふち》の停車場より、「上り滊車」に乗って浅草へと向かっていた。

「滊車」はやがて夜となった吾妻橋停車場に着き、水野は浅草一との噂を得た医学士、相良公平を訪ねる。やっとのことで公平は腰を上げ、四ツ木村の岩崎五十子を診てくれ、腸窒扶斯《チフス》との診断を下す。京成押上線で浅草方面から荒川を渡り切ると葛飾区内に入り、四つ木駅は現在もある。

その翌日の深夜、水野は親友の島木に百円を用立ててくれと申し込む。

島木はその借金を引受けてから、「戀愛は可怖《こは》いものぢや無いが、戀愛に隨《つ》いて來る隨伴者《おとも》は怖《こは》い」と面白い忠告をする。次の島木の恋愛論は、露伴そのひとの持論なのではないかと想像される。

僕に云はせりやあ色戀といふ奴《やつ》あ、人間が一人並《なみ》に成熟《できあが》ると一度は屹度《きつと》發しる熱病《ねつ》なので、身體《からだ》の中から自然《ひとりで》に湧く奴だ、各自《めいめい》の料簡から出て來るんぢやあ無い。……自然《ひとりで》の好悪《すききらひ》だもの、理屈は有りや仕無い、みんな年齢《とし》が爲《さ》せるんだ、年齢が爲せるんだ。

この恋愛に負けちゃ男子たるもの屈辱だといいたいらしい。そしてまた「戀愛に隨《つ》いて來る隨伴者《おとも》」とは、「戀に隨《つ》いて來る心氣《しん》の疲労《つかれ》」のことらしい。

中絶した長篇『天《そら》うつ浪』は、こうして残された四五〇ページほどを見るかぎり、水野という小学教師を中心とした恋愛小説である。五十子はやがて腸チフスから全快するが、この女は何一つ言い出さず、行動も起こさない。五十子がいかなる女性かがわからぬうちに小説は終る。後半、お龍という美女、さらに美しいお彤《とう》という年増が出て来て、この二人の女は姉妹同様に親しみ、同じ家に住むようになる。

このお彤の旦那が筑波という実業家で、この筑波と、相場師島木萬五郎との間に何やらかかわりがある。このあたりから各個バラバラの人物は互いにつながってドラマを形作って行くはずだったのだろう。ところが日露戦争の近づく時期に、お彤、お龍のような美女の出て来る、「比較的に脂粉の氣甚だ多き文字」を綴ることは不可、として露伴は小説を中断した。惜しいことだった。

『天《そら》うつ浪』は、こうして、その堂々たる題名にふさわしいほどに内容が豊かにふくらむ前に中絶した。また一九〇三、四年という年に書かれたにしては、旧来の小説のスタイルのままに終ったと言わないわけにはいかない。ただこれが完成すればロマン（長篇小説）らしいロマンが誕生し、紅葉とも漱石とも違った女を描き切ることが露伴にもできたかも知れない。ロマンらしいロマンとなるべくして『明暗』も中断したのであった。

鷗外、漱石、藤村がそれぞれにヨーロッパの文学に眼を向け、採るべきものは採った。さらに漱石はメレディス、スウィンバーン、トーマス・ブラウン、そしてヘンリー・ジェイムズ（たとえば飛ヶ谷美穂子による詳細な研究『漱石の源泉』――慶応義塾大学出版会がある）などから吸収したにとどまらず、漢詩漢学にも素養があった。わが蝸牛庵の露伴は、ニューヨークの大富豪とその娘の物語『露団々』といった作はあるものの、古い中国や江戸のほうをしか見ていなかった。『幸田露伴のために』の著者、今は亡き篠田一士のように、ヨーロッパ文学をはじめ中南米文学まで、外国文学通でいて、しかも露伴をどこまでも讃仰する批評家もいるが、露伴が時代に置き忘れられたことは確かで、その文体は読者を次第に失った。もっともいくつかの放胆な小説をわたしは今も面白く思っている。

神力をおそれる露伴、神力を蔑《なみ》する民衆に警告を発する露伴がいる。天地神明とよく口にする斎藤茂吉が、少年の頃から露伴を憧憬して止まなかったのも、この露伴独自の神力、容易に合理化されぬ精神のエネルギーにひかれたからにちがいない。欧米の合理主義的な近代主義からおよそかけ離れた露伴の古めかしさが、もう一度見直される時がやがて来ると思われる。

岡山に行った漱石

漱石というと松山中学の英語教師として四国の松山に赴任したとか、熊本には旧制第五高等学校の講師として行ったということは誰でも知っていて、あとは三十三歳で、明治三十三年（一九〇〇）にロンドンに着いたということになる。のちに大阪や和歌山、京都にも講演のために行ったりしているが、ごく若い頃、岡山に行ってしばらく滞在したことは知らなかった。

このところ就寝前に岩波文庫『漱石・子規往復書簡集』（和田茂樹編）を少しずつ読んでいて、明治二十五年（一八九二）の七月十九日と八月四日の子規宛の手紙の住所が、岡山市内山下《うちさんげ》町百三十八番邸片岡方になっているのに驚いた。

岡山市に生まれて十九歳までその地で育ったわたしは、むろん内山下がいかなるところかをよく心得ている。

この年七月七日に、漱石と子規はともに新橋を汽笛一声で出発し、翌日は京都に着き、柊屋《ひいらぎや》に泊って、夜は清水寺《きよみずでら》を観光している。漱石も子規も二十五歳、元気な若者だったのだ。漱石はまだ東京帝大の英文科を卒業していないが、東京専門学校（今の早稲田大学）の講師の身分になっていた。

七月十日、子規は故郷の松山に向かい、七月十六日、漱石は嫂《あによめ》の実家、岡山の片岡家に三週間あまり滞在することになる。二日や三日ではない、十九世紀もあと七、八年といった時代に、二十五歳で三週間以上もこの家にいた。

漱石の嫂と言うと、すぐ思い出すのは兄の和三郎（直矩《なおのり》）の妻だった登世《とせ》である。登世は二十四歳で悪阻《つわり》のため死去（明治二十四年だから漱石が岡山に行く前年である）、漱石が容貌も美しかったという登世の死をいかに嘆いているかは（淡い恋愛感情さえ感じとれる）、この書簡集の八五ページから八八ページまでに、悼亡の句も添えて詳しく子規に報告されている。

その翌年夏、岡山に訪れたのは、嫂と言っても上の兄、栄之助の妻だった小勝《こかつ》の実家、片岡家だった。

小勝は、夫の栄之助が亡くなったあと、岡山県上道《じょうとう》郡金田村（現・岡山市西大寺金田）の岸本家に嫁いでいた。

何はともあれ七月十九日の子規宛の手紙を読んでみよう。このところ（今年の初め以来）ずっと、正宗白鳥もその「夏目漱石論」で、「くどく長く読者を引《ひき》ずって行くので、読者には辛抱《しんぼう》が入《い》る」と評する『行人』や『明暗』論を書くことに悩まされていたので、このノンキな若い漱石の手紙にはホッとさせられる。

貴地十七日発の書状正に落手拝誦《はいしようつかまつり》仕候。先は炎暑の候御清適奉《がしたてまつり》賀候。小子来岡以来いよいよ壮健日々見物と飲食と昼寐とに忙がはしく取紛れ打ち暮しをり候。去る十六日当地より金田《かなた》と申す田舎へ参り二泊の上今朝帰岡仕候。閑谷黌《しずたにこう》へは未だ参らず後楽園天守閣等は諸所見物仕候。当家は旭川に臨み前に三櫂山を控へ東南に京橋を望み夜に入れば河原の掛茶屋無数の紅燈を点じ、納涼の小舟三々五々橋下を往来し燭光清流に徹して宛然《えんぜん》たる小不夜城なり。君と同遊せざりしは返す〴〵残念なり。今一度閑谷見物かた〴〵御来岡ありては如何《いかん》。一向平気にて遠慮なき家なり。試験の成蹟面黒き結果と相成候由、鳥に化して跡を晦《くら》ますには好都合なれども文学士の称号を頂戴《ちようだい》するには不都合千万なり。君の事だから今二年辛抱し玉へといはば、なに鳥になるのが勝手だといふかも知れぬが先づ小子の考へにてはつまらなくても何でも卒業するが上分別と存候。願くば今一思案あらまほしう。

　　鳴くならば満月になけほと、ぎす

余は後便にゆづる。乱筆御免。

漱石青年は、この家の近くに位置する城と後楽園はすでに見物したようだ。この京橋という名を見ると、たちまち思い出すのは荷風の『断腸亭日乗』の昭和二十年六月二十日の日記の一節である。

閑谷黌《しずたにこう》（閑谷学校）にはまだ行っていないとある。片岡家は旭川に臨んで東南に京橋を望むとある。

「……午前暑さ甚しからざる中菅原君と共に市中を散歩す、まづ電車にて京橋に至る、欄に倚りて眺るに右岸には数丁にわたりて石段あり、帆船自動船輻湊《ふくそう》す、瀬戸内の諸港に通ふ汽船の桟橋あり、往年見たりし仏国ソーン河畔の光景を想い起さしむ、……」

以下は拙著『永井荷風論』（『飯島耕一・詩と散文』第四巻所収）の二六〇、二六一ページを見られたい。

この京橋の見える旭川の川畔の烏城《うじょう》天守閣側の片岡家に、明治二十五年の漱石は滞在したのであった。

八月四日の子規宛の手紙には、七月二十三日、二十四日の岡山の洪水の模様が報告されている。旭川は氾濫し、漱石は二十五日から、県庁坂と呼ばれる小高い場所にあった光藤《みつどう》家に避難する。この家の主人は岡山瓦斯《ガス》会社を創設した実業家だったが、明治二十三年に、嫂の小勝の弟とともに上京し、漱石の喜久井町の実家に半月ほど滞在したと注にある。すでに顔見知りだったわけだ。

こうして漱石は閑谷黌にはまだ行けずにいる。

二通とも漱石は差出名を「平　凸凹《たいらのデコボコ》」としていて、岡山の大洪水は「また平凸凹一生の大波瀾《だいはらん》といふべし」とし、そのあとに「小生肛門《こうもん》の土堤が破れて云々」と書き添えてあり、痔疾はこの頃すでに兆していたのかと思われる。この「平凸凹」というユーモア感覚、諧謔趣味は、十年後の『吾輩は猫である』に直結しているわけだ。

『吾輩は猫である』の八七ページに、「此間《このあいだ》は岡山の名産吉備団子《きびだんご》を態々《わざわざ》我輩の名宛《なあて》で届けて呉れた人がある」と出て来るのをこの間見つけて、漱石は岡山をこんな形でなつかしんでいるのかと思ったものである。

話題は変るが、また何日かして昼間、つれづれなるままに森銑三の『明治人物夜話』（これも岩波文庫）を読んでいると、岡山という文字が目に入った。今年は一月、三月と続けて二度も、吉備路文学館での自分の展覧会（年譜や著作、写真などを並べたもの）のために岡山に行ったので、この瀬戸内にもほど近い都市の名が、何となく眼につきやすいのだ。『明治人物夜話』は一部から三部まである。その第一部の後半に、「尾崎紅葉雑記」「緑雨の人物」「子規居士雑筆」「夏目漱石と文芸委員会」「露伴翁むだ話」と五篇のエッセイが並べられている。

「緑雨の人物」には次のようにある。

「紅葉と、露伴と、子規と、漱石と、緑雨と、この五人が揃いも揃って慶應三年に生れて明治の文壇に活躍し、それぞれに個性を発揮しているのが偉観である。この五人については、いろいろな見方が出来ようが、古武士の如き精神の把持者という、現代離れした旧《ふる》い言葉を持出すなら、五人の内で第一に緑雨を挙げなくてはなるまい」

森銑三はまた「紅葉は、一の好漢として私の眼に映ずる」と言うのである。

子規、漱石をめぐるエッセイは措いて、「露伴翁むだ話」に岡山が出て来る。

「もう二十年も前のことである（太平洋戦争の始まるより前のことだ――引用者）。井上通泰《みちやす》先生の玉川の別荘へ、しょっちゅう上っていた間に、『柵草紙《しがらみそうし》』時代の旧《ふる》い話を何かと伺った。その中には露伴翁のことなどもいろいろあったのであるが、別に書留めても置かなかったものだから、折角の話もあら方忘れてしまって、今となっては奈何《いかん》ともし難い。僅《わず》かに記憶している話の一、二を受売《(うけうり)》して見ることとする」

これが書き出しで、たとえば若い露伴は谷中《やなか》にいた時、居間を釘づけにして、今で言う閉じ込もりになったことがあると井上通泰は語ったという。鷗外と、その親友の賀古鶴戸《かこつるど》と井上の三人が行ってみると、当人は「向島《むこうじま》へ花見に出かけたら、風船売がいて、その風船玉が、風にふらふら揺れている。それを見たら、急に世の中が味気なくなって、生きているのが嫌になった」と言う。三人は絶食していて腰が立たぬという露伴を連れ出して、近くの牛屋《ぎゅうや》でやたらに酒を飲ませたら、それなりけろりとしてしまったというのだ。

「幸田と飲む酒は、いつも旨《うま》かった」とも井上通泰は語った。そのあと森銑三は、露伴が小説『艶魔《えんま》伝』を『柵草紙』に発表せられた時には、「先生はもう岡山だったのであるが」と書いている。東京で井上眼科病院を開いた、歌人で、鷗外らと親しかった井上通泰という人の、ほんの少しのことしか、わたしは知らなかったので、何だろうといぶかしい思いがした。

どうやら通泰は岡山に門人がいて、白鳥の弟の正宗敦夫《あつお》をよく知っていたらしいことは、森銑三の文章でわかる。

「岡山から東京へ帰られてからは、先生も何かと忙しくなって、もう以前のように露伴翁とも会飲することなどはなくなってしまったらしい」ともある。

手もとにある百科事典に、今や井上通泰の名は出ていない。通泰は忘れられた人になってしまったのか。何とか疑問を解きたいと岡山に住む知人にさっそく訊ねてみた。と、やがて答は返って来た。

井上通泰（実弟は柳田國男）は兵庫県福崎町（姫路市の東隣）出身、明治二十三年（一八九〇）、東京帝大医学部を卒業。眼科学教室に助手として入り、傍ら下谷御徒町《おかちまち》に井上眼科医院を開業する。明治二十七年（一八九四）、郷里の姫路病院副院長となり、翌二十八年（一八九五）、岡山にある後年の岡山医大（岡山医学専門学校）の眼科学教授となり東田町《ひがしだ》蓮昌寺脇に住んだのであった。

井上はこの地で岡山地方史、考古学、民俗学にも興味を持ち、吉備史談会をも組織する。さすがに弟の柳田國男と同じ方面に関心は向いたわけだ。他方、正宗白鳥の弟の敦夫らと岡山で歌会を催した。敦夫はもっとも初期の門人だった。白鳥のその次の弟は洋画家の正宗得三郎である。

井上が東京に戻ったのは、漱石がロンドン留学から帰国したのと同じ、明治三十五年（一九〇二）のことだった。

こういうわけで「露伴翁むだ話」に井上通泰のいた岡山が登場したのであった。漱石が若くして岡山に滞在したのは明治二十五年で、井上はその三年後に岡山に赴任して、七年近くその地に在ったわけである。岡山を去るに当たって「たたむ跡にごしはせじとみづ鳥のとりどりのものを思ふころかな」の歌を詠んだ。

さてもう一人の岡山の人として、正宗白鳥という小説家で同時に鋭敏な批評家をふり返り、その「夏目漱石論」を見ておきたい。

白鳥は明治十二年（一八七九）、岡山市の東、瀬戸内の片上湾に面した小高い丘の穂波《ほなみ》に生を享けていて、漱石より十三歳ほど年下になる。長命で太平洋戦争の戦後の一九六二年まで生きた。

正宗白鳥は明治二十五年（一八九二）、まさに漱石が岡山に滞在した年に十三歳で閑谷黌に入学しているので、もしも漱石が閑谷へ行けば、正宗少年と、通りすがりに出合うという可能性もあったわけである。十五歳で香登《かがと》（岡山から赤穂線に乗ったことのあるわたしは、この当時は村だった、片上に近い香登という珍しい名の駅を通った記憶がある）のキリスト教講習所に通っている。

白鳥は明治二十九年（一八九六）、上京して早稲田大学の前身、東京専門学校英語専修科に入る。ここにも数年前、若い漱石は講師として教えに行っていた。翌年、植村正久によって受洗し市ヶ谷教会の会員となるが、明治三十四年（一九〇一）には教会から離れている。白鳥は文学者となり、信仰よりもありのままの現実に生死する人になったと見えたので、死の直前にもう一度キリスト教の信仰に戻ったことは人々を驚かせるに充分だった。

明治三十七年（一九〇四）、処女作「寂莫」を発表、以後作品は多いが、ここでは大正四年（一九一五）の中篇小説「入江のほとり」を取り上げてみたい。この年は『道草』の書かれた年で、漱石の晩年に当たる。白鳥はむろん『吾輩は』以降の漱石作品はずっと読んでいた。

「入江のほとり」はずいぶん昔に読んだ気もするが、今回、珍しいものを見るようにして一気に読んだ。

　まずこれは岡山弁の小説である。片上湾に面した正宗家と思われる旧家の、何人もの兄弟と妹のそれぞれの個性が描かれているが、なかでも勝代という十代の後半らしい、身体は弱いが健気な娘がよく捉えられており、この勝代（あるいは勝）の岡山弁（明治から大正にかけての）が、もの柔らかで、大層なつかしいものだった。

「勝は何処も見物などしたうない。東京へ行つても寄宿舎の内にじつとしてゐて、休日にも外へは出まいと思うとるの」

　この瀬戸内の海に面した村と東京がたえず較べられる。隣村まで来ている電灯が、いよいよ月末にはこの村へも引かれるという噂があり、次男の才次（正宗敦夫がモデルらしい）は、「博覧会見物に行つた際に見た東京のイルミネーションの美しさを語つた」。「夜も昼のやうだ」、という言葉に弟妹は眼をみはる。

　長男の栄一（白鳥自身がモデルのようだ）が東京から戻って来る。四年目に帰郷した兄の声は、相変わらず「尖つてゐた」とある。しかしこの勝手で神経質な兄、家で大事にされている長兄も、とりわけ変り者で偏屈な弟の辰男に温かみを見せる。二人で四国の屋島や五剣山が微《かす》かに見える後の山に登ったりする。

　老いた両親の姿よりも勝代が鮮明で、その周囲に、それぞれにわがままではあるが、一つの家族図が浮かび上がる。そこに一種、微光が射していると言っていい。『行人』のチカチカした一郎を中心とする難しい家族とは大分異なる。それぞれに頑な家族なのだが、救いがあるように見える。

この正宗白鳥の「夏目漱石論」が「中央公論」に発表されたのは、昭和三年（一九二八）の六月だった。漱石没後、十年とわずかの時期である。

自然主義（と言っても白鳥の場合、単純ではないが）の作家らしく、「何といっても、彼(漱石)の長篇小説のうちで生気に富んでいるのは『道草』である」と書いている。『門』も傑《すぐ》れた作品だとある。『虞美人草』などは「通俗小説の型を追って、しかも至らざるもの」、「しかし、漱石の大作家たる所以は、その通俗小説型の脚色を、彼独得の詩才で磨きをかけ、十重《とえ》二十重《はたえ》の錦の切れで包んでいるためなのであろう。私の目には、あまり賞味されない色取りであるが、他の多くの人々は、その錦繡《きんしゅう》の美に眩惑されるのであろう」ということになる。なるほど「入江のほとり」とは大分異なる。

『彼岸過迄』の評価は割合に高い。

特に「須永の話」を面白く読んだとあり、千代子がよく描かれている、「はじめて、漱石の頭から描きだされた潑剌《はつらつ》たる女性を見るのである」、「温かい肉体を備えてそこに鮮やかに浮き出している」と言う。白鳥は『虞美人草』の藤尾、『それから』の三千代、『門』のお米《よね》の描き方に不満だが（肉体が作られていなかったり、影が薄いということである）、「須永の話」の千代子の描き方は大分気に入ったようだ。

次に『明暗』について白鳥は次のように評する。運びがまどろこしく退屈だが、お延とお秀などの女性はよく描かれている。また吉川夫人も「充分に現実の女らしい羽を拡げて羽叩きしている」とある。わたしのように好悪の感覚で吉川夫人を嫌うよりも、現実主義者白鳥はさすがに小説の玄人で、そこに肉体を持って、日常現実になまなましく存在する女が描かれているのを喜ぶのである。『明暗』にあっては、「この作者には免れがたい癖であったロマンチックな取り扱い振りがない」と、認めるべきは認めている。「私は、『明暗』まで読んで、はじめて、漱石も女がわかるようになったと思った。老いたる彼れは、もう『草枕』にあるような詩的女性を朦朧《もうろう》と幻想し得られなくなったのであろう」。

本書所収のわたしの『明暗』論には、小林というドストエフスキーに出て来るような、ひねくれて暗い男についてはほんのわずかしか触れていないが、白鳥は「小林は、卑俗であるが、自棄的闘志を持ってゐる……漱石の作中に、皮肉揶揄《やゆ》反抗の気分は珍しくないが、プロレタリア意識を持った皮肉揶揄反抗は珍しい」としていて、わたしとしても、それには異論はない。

『行人』については評価が高くないが、ただこう述べている。「この作者がいかに、男女関係についての暗い心理に思いを致していたか、またそういう暗い気持から脱却するためにはいかに苦闘しなければならぬかと、思いを潜《ひそ》めていたことが察せられる。……芸術として劣っていてもその点では興味がある」。「『心』『行人』『明暗』など、漱石晩年の作品に、私は、彼の心の惑いを見、暗さを見、悩みをこそ見るが、超脱した悟性の光が輝いているとは思わない」。

「則天去私」という気分のいい言葉に惑わされ、あたかも漱石が一つの悟りを得て晩年の小説を書いたかのように受け取る読者（中でも小宮豊隆ら漱石の門人のある人々）、また『明暗』をむやみにありがたがる、秀才評論家、知識人型作家の誤解ないし滑稽への解毒剤として、白鳥の「夏目漱石論」は再読三読するに価する。これを読むと気が楽になる。白鳥は自分に正直で率直だからだ。漱石論だからと言って初めから肩肘張ったりはしない。

岡山に行った漱石の子規宛の書簡から始まって、岡山生まれの頭脳の働きのいい、岡山人らしい現実主義者である白鳥にまで筆は伸びた。

漱石と「則天去私」についてはは大岡信のごく若い時の論文（世界文化社刊の『拝啓漱石先生』所収）が今も有益である。大岡も小宮豊隆説を信じることなく、無明のうちに悩んで、人間を「押しに押した」漱石を直視している。「うん〲死ぬ迄押すのです」というのは、最晩年の漱石の、芥川龍之介、久米正雄の二人への手紙の一節である。

ここまで書いてたまたま書店で刊行後半年の大嶋仁『正宗白鳥』（ミネルヴァ書房）を発見、この本で知るところが多かったが、冒頭近く漱石との比較が出て来る個所など、なるほどと思わせられた。白鳥の小説「生まざりしならば」（大正十二年―一九二三）を取り上げて、本来なら読後、意気消沈すべき中身なのに、透みきった明るさになって、心の贅肉を削ぎとられる思いがするとし、漱石の『道草』の重苦しさと較べてみている。『道草』を読んでも救われるどころか、自分まで神経衰弱になる思いをする。白鳥はその逆で、「則天去私」など標榜する以前に「私を去っている」と大嶋氏は言う。「非人情」は漱石の目標であったが、それを実践できたのは白鳥であると、著者の正宗白鳥への評価は高い。白鳥には多くはないが強い支持者がいると心得ていたが、この真摯で率直な著者もその一人である。

付記

明治末年に群馬県の前橋から岡山に来て、旧制の第六高等学校（六高）に入った萩原朔太郎については、すでに一、二のエッセイで書いたことがある。朔太郎は峠の茶屋句会という俳句の会に加わって、上級生の内田百閒と同席したこともあった。

それから数年を経た大正三年（一九一四）の一月に、北京から廻り道をして、釜山経由で来日、七月に東京の第一高等学校（一高）予科に入学、予科を修了して、大正四年（一九一五）の九月に朔太郎と同様に岡山の六高に入った人に郭沫若《かくまつじやく》がいる。

郭沫若が日本に着いたのは漱石が『行人』を書き了えて間もない頃であり、六高に入学した大正四年九月は、漱石が『道草』の連載を終った時期だった。

二〇〇五年六月になって郭沫若著『桜花書簡――中国人留学生が見た大正時代』の日本語訳（東京図書出版会）が刊行されて、いろいろなことがわかった。わたしは時経って第二次大戦の敗戦の翌年、一九四六年に同じ六高に入り、四九年三月に卒業している。

岡山に着いた若い郭沫若は、漱石も眺めた市の東端の操山が、峨嵋《がび》山麓に非常に似ているので、まるで故郷に帰ったようだと、四川省の両親に便りを書いている。住所は岡山市國富《くにとみ》で、六高の校舎にも山にも近く、まわりは稲田ばかりとある。

大正五年（一九一六）一月の両親宛の手紙には、かつて漱石も、わずか三週間とは言え滞在した内山下に転居したとあり、同年の十二月には中国からの同学は十一人で、「日暖かければ、時に操山に登り、風に向かって叫びます」とし、後楽園の池や清流、そこに飼われている鶴のことにも言及している。

漱石の『明暗』の執筆とその死の年である大正五年、屈原・李白を愛する詩人であり、歴史学者であり、抗日時代と、その後の毛沢東・周恩来体制のもとに政治家でもあった郭沫若は、こうして若い留学生として岡山にあり、欧州の戦争のことを気にしながらも、のびやかに勉学し、暮らしていた。

この書簡集の訳者は大高順雄《よりお》、藤田梨那《りな》、武継平《ぶけいへい》の三氏だが、大高氏はわたしと同年の一九四九年に六高を卒業した人で、著名な古フランス語学者。現在、日本にあって教職についている藤田氏は、郭沫若と郭安娜《あんな》（岡山で結婚した夫人の佐藤富子）の長女の子として天津に生まれた女性で、『漱石と魯迅の比較文学研究』の著書があるという。

懐かしき瀬戸内の島山

数々の芥川龍之介論や漱石論で知られる近代文学研究の平岡敏夫氏から、しばらく前に詩集『塩飽Shiwaku』(鳥影社刊)を送られた。塩飽《しわく》とは瀬戸内海の中央部に散在する大小の島群で、今の瀬戸大橋の西に当たる。

平岡敏夫氏がこちらと同じ昭和初年生まれであることは、まだ一度もお目にかかったことのないわたしも知っていた。しかし同じ昭和五年(一九三〇)生まれで、香川県の塩飽諸島の広島で幼少時代を過ごされたとは、今度の詩集ではじめてわかった経歴だった。

当方は岡山市で生を享け、幼いころは夏になると両親が下津井の浜に小さな家を借りて泳いでいた。泳ぐと言っても渚で遊んだ程度のことで、まだ三十代になるかならぬかの父母と、女学校一、二年の叔母との四人だった。

下津井から塩飽諸島はつい目と鼻の先にあった。そのころ、平岡氏も幼児で島の江ノ浦あたりで泳いでおられたのであろう。詩集『塩飽』は七十を過ぎた氏が、島への愛惜の念に動かされて、太平洋戦争のさなか、まだ十四歳の少年として陸軍の航空生徒を志願した時代を思い出す詩、また戦後の一九五〇年代初期の東京での学生時代の習作をも、氏の言によれば迷いながらもまとめられたものである。わたしはこの詩集を何度もひもといては、読んだ。そこには同じく十五歳になってのことだが、中学四年で陸軍航空士官学校を受験した自分の姿も映っていた。昭和二十年の八月十日に合格通知が来て、五日後には敗戦となり、天皇の正午のラジオ放送を、米軍の岡山市空襲で家を失った家族は、岡山からやや倉敷寄りの庭瀬町の医院宅の庭で聞いた。

敗戦から四年目の春にはわたしも東京の大学に入った。この四年の間、瀬戸内海に遊んだ記憶はない。いや昭和十六年十二月八日、太平洋戦争が開戦となると、もう春には鷲羽山や屋島に行ったり、夏にはあちこちの島に滞在するといったこともなくなっていた。

わたしの記憶では、まだ物心もつかない幼少時代に下津井に行ったあと、よく覚えているのは八歳か九歳の時、今度は幼い弟と両親との四人で、福山寄りの笠岡港から船で行く備後灘の北木島に滞在した夏である。古い大きな宿屋の二階で、その部屋からも浜や海が見えた。昭和で言うと十三年か十四年、すでに日中戦争は泥沼化し、先行きが見えなくなっていた。萩原朔太郎の名高い評論「日本への回帰」の翌年か、翌々年に当たる。

その次は（それが子供時代の瀬戸内の最後だった）、久しく四国高松への連絡船の発着港だった宇野港から近い、牛ヶ首という小さな島で夏を過ごした思い出がある。

この時はすでに太平洋戦争も迫っていたというのに、なぜか明るい島だったとの印象が強い。わたしは十一歳、弟は七歳、それにまだ生まれて一歳半といった小さな妹がいた。みんなで五人、朝早く浜に下りて漁から戻ったばかりの漁師から新鮮な魚を買ったり、父に連れられて弟と木洩れ日の眩《まぶ》しい裏山に登ったりし、午後は早くから浜で水遊びをした。岩と岩の間をのぞき込むと水が澄んで、小魚やヒトデやイソギンチャクが鮮やかに見えたのをよく覚えている。汚染など聞いたこともない時代の、きれいでおだやかな瀬戸内の海があった。

機関室の油のにおいのするポンポン船にはよく乗った。船にはウスベリというゴザが敷いてあり、夏のよく晴れた空を見上げながら、そこに仰向けになってエンジンの振動を身にまかせていると何もかも忘れてしまうような気分になった。

ついひと月ほど前の暖い日、まったく久方ぶりに瀬戸内の島山のある景色の中に立った。

岡山市に用事があって一泊し、帰りは赤穂線で牛窓の北、片上の入り江に近いあたりを走った。岡山に行く前に、必要あって鷗外の史伝『伊沢蘭軒』を読んだのだが、そこに蘭軒の長崎行の記事があり、蘭軒が瀬戸内地方では三石《みついし》から備前に入り、片上、浦伊部《うらいんべ》、伊部《いんべ》、長舟《おさふね》村、そこから吉井川を渡って岡山城下五里の板倉というところへ向かったのを知った。文化三年（一八〇六）の夏の盛りである。蘭軒はそこから矢掛《やかけ》を通って福山の神辺《かんなべ》に、漢詩人、菅茶山《かんちやざん》を訪ねようとし、待ちかねた大詩人の茶山のほうから途中まで迎えに来たのであった。

伊沢蘭軒は茶山とは親子ほど年の離れた、まだ若い江戸詰の都会っ子の福山藩医官であり、詩人である。江戸の騒壇《そうだん》（文壇、詩壇）の情勢を蘭軒からの書簡でしきりに知ろうとする茶山については、中村真一郎の名著『頼山陽とその時代』に面白い話が出て来る。

わたしはこれまで乗ったことのない赤穂線で、蘭軒とは逆の道を辿ってみようとの気紛れを起こした。小さな電車は刀で有名な長船を通り、陶器の伊部を過ぎ、片上に着いた。蘭軒は片上で夜、舟を雇って納涼をする。わたしはこの日、片上では下車せず、駅前がすぐ入り江の漁港になっている日生《ひなせ》で下りた。駅前からタクシーでちょっとした山に登ると、眼の前に鹿久居島《かくいじま》があり、はるか彼方に小豆島が霞んで見えた。久しぶりの瀬戸内の午後の一刻で、わたしは十分に満足した。

岡山に出掛ける前に平岡氏から、こちらの手紙に対する返信を頂戴していた。そこには蘭軒長崎行の備前の海岸とは懐かしい限りとの文字があった。

〔「日本経済新聞」二〇〇四年三月七日〕

世界の夏・源内の夢

東京・上野毛《かみのげ》の五島《ごとう》美術館で、「源内焼」の展覧会を見て実に面白かった。一九六〇年代から平賀源内にはつよい関心を持ち、源内の足跡を辿って、出生の地、四国高松の東に当たる志度浦はもとより、あちこち旅もし、二〇〇二年四月に、ようやく長年月をかけた『小説平賀源内』（砂子屋書房）を完成させたわたしも、この焼物のことはよく知らなかった。

ただ源内が安永二年（一七七三――今から二三〇年前に当たる）、山師の吉田理兵衛とともに秋田藩に招かれ、院内《いんない》銀山を経て阿仁《あに》銅山に到着し、粗銅から銀を絞る方法を土地の鉱山師たちに伝授した際に、阿仁の良質の粘土を発見し、角館《かくのだて》の職人にこの土を使って焼物を作る指導をしたことは知っていた。阿仁地方の水無《みずなし》村の土なので水無焼と呼ばれる。

この秋田行きの時、源内は角館支藩の若い武士、小田野直武《おだのなおたけ》とめぐり合い、画才のある直武にオランダ風の絵の技法を教え、これが本藩藩主の佐竹義敦《よしあつ》（曙山）らを巻き込んで秋田蘭画の数々の傑作を生んだことは、すでにひろく知られるところだろう。

そのはるか以前に、天才（まことにこの呼称に価いする人物）源内は、「源内焼」の基礎を形づくっていたわけである。城福勇《じょうふくいさむ》（この香川大学元教授の研究室を昔々訪れて教えられたこともある）の名著『平賀源内』（吉川弘文館）を、今もう一度繙いてみると、「長崎遊学の際の、多分帰路、船が備後鞆之津《とものつ》（現・広島県福山市）に立ちよったとき、彼は鍛冶屋で使っている白色の粘土を見て、この地に陶土のあることを知り、それをついに江の浦（福山市鞆町）で発見した」とある。源内は土地の人にこれを用いて焼物を焼くようにすすめた。これが宝暦三年（一七五三）で、源内はまだ二十六歳の下級の高松藩士だった。

城福氏は源内が、「陶土・陶器については、早くから一かどの鑑識眼を持ち」「陶器をつくる機会もあったものと想像される」としている。これが五島美術館に陳列された大量の焼物、「源内焼」として眼の前に出現したのだから、これまで無知だったわたしなどは驚いたのである。

書きたいことはいろいろあるが、一つだけに絞るなら、焼物の図柄に「世界地図」「日本地図」が用いられていたことで、早くから長崎で西洋の（当時の言い方を用いれば紅毛の）文物に接する機会があり、西洋のみならず「世界」に想像力を働かせていた源内を、これがもっともよく証明しているのである。

むろん皿には中国風の人物の絵柄や、鳳凰や、獅子の絵も描かれているのだが、会場を一巡すると、またもとの「世界地図の皿」の並べられた陳列棚に戻りたくなるのである。

世界！　源内より九十年近く先輩の大坂の大才、井原西鶴はすでに次の句を詠んでいた。

顔見世は世界の図也《なり》夜寝ぬ人　　西鶴

芝居の顔見せ狂言に集まった人々の賑々しさは、世界の図、つまり世界地図のように華々しいというわけだ。パリかロンドンか、それともオランダの町か。夜も寝ない、煌々とした都市を西鶴は夢見た。西鶴は阿蘭陀西鶴と仇名されたスケールの大きな談林の俳諧師であった。

そしてわが源内は、宝暦六年（一七五六）、いよいよ故郷の四国高松近くの志度浦（志度浦は瀬戸内の海を挟んで、ちょうど正宗白鳥の生まれ育った穂波の浜の対岸に位置する）から江戸へと向かう時、有馬温泉で次の句を吐いた。

湯上りや世界の夏の先走り　　源内

「世界」とは何と胸のひろがり、心の躍る言葉だったことか。こうして源内の着想に始まる世界地図、日本地図の皿が生まれて行った。とは言えこれら「源内焼」の作品が、すべて源内の着想、源内の指導によると思ってはまちがいで、「源内焼とは何か」については専門家の詳しい研究（たとえば本展のカタログ執筆者諸氏の）に依られたい。わたしはただ、「源内焼」の「世界地図の皿」に驚倒し、感激もしたとしか言うことができない。

源内の誕生は享保十三年（一七二八）であるが、それよりも九年前の、享保四年（一七一九）に刊行された『唐土訓蒙図彙《もろこしきんもうづゐ》』の中の、「山川輿地全図《さんせんよち》」という世界地図が、源内の世界イメージのもとになっているらしい。亜細亜《アジア》も欧羅巴《ヨーロッパ》も亜弗利加《アフリカ》も、またアラビヤ、印度海《インドカイ》の文字も皿の地図にははっきりと書き込まれている。

「アメリカ大陸地図皿」という皿もあり、「亜墨利加《アメリカ》」、「南亜墨利加《アメリカ》」が上下に大きく描かれ、北には「北極界」、南には「南極界」の文字もある。

「日本地図」も皿や鉢に用いられ、非常に興味深い。

源内の生涯はどのようなものだったか、源内の悲劇的な死（源内の殺傷事件と獄死については意外に現代の人々に知られていない）はどのようなものだったかについては、拙著『小説平賀源内』を見られたい。源内とその時代（杉田玄白や司馬江漢や狂歌人たち）へのわたしの思い入れは一切そこに捉え込んである。「源内焼」の展覧会を見て、右の一冊にかけた長い年月を、そして何よりも宝暦から安永にかけて、天才源内が心に抱いた途方もなく大きな夢に思いを馳せたことであった。

［「芸術新潮」二〇〇四年一月号］

小講演での話題

講演というのが、たとえ三十分といった短いものでも苦手なのだが、去年あたりから何回か、六、七十人の聴衆の前で小さな講演をやらざるを得ないということがあった。そのうち二回は、神戸在住の詩人安水稔和と、神戸及び岡山で対談のかたちで行った。ところで安水氏の絶妙な間をおいて話す神戸の言葉と、わたしの迷談（あとでテープ起こしの校正刷を見て、二度ともわれながら呆れるほど混乱していて、何とか意味の通じるように朱をいたるところに入れねばならなかった）の組み合わせは、聴いている人には面白いらしいのだ。

それに安水稔和との掛け合いの対談は、わたしにとっても愉しいし、第一に楽なのである。もう一度は、まだ五十代半ばの詩人、八木幹夫と、駒沢大学で朔太郎や西脇順三郎の詩をめぐって対談をした。

ついこの間は、三月下旬のことだが、早稲田大学で長く明治・大正文学などを教えていた詩人の原子朗に口説かれて、『同時代』という知的な教養人たちの雑誌を出している「黒の会」で話した。ほんの五分のスピーチでいいというので出て行ったのに、結局三十分近くも話すことになった。この会は、文学や哲学の会としても、もともと亡くなった宇佐見英治が中心だったことでもわかるように、知性と教養と純粋精神の高踏派のグループなのだ。

しかし壇上にのぼってしまったのだから仕方がない。あっちへよろよろ、こっちへよろよろと何ごとかを話した。

今、思い出しても、宇佐見英治は純粋精神の塊のような誠実な教養人だったが、彼は「自分のうちにあるエロス」を抑圧していたのではなかったか、などと不遜なことも言った。彼のエッセイには「花」や「植物」のことがよく出て来るが、それがなまなましくエロティックなのだ。ほんとうのところは、宇佐見英治は「花」に仮託せず、男女のエロスに言葉で向き合うべきではなかったか。

このことは実は宇佐見さん（と言ってわたしより十歳余も先輩）を一度論じた際に、宇佐見氏は高級なポルノ小説を書くべきではないかと述べ、きみの言うとおりかも知れないと思わぬ賛成意見をもらっていた。

そのあと、短歌人口は三十万人ぐらいか、俳句人口は三百万人ぐらいだろうか、しかしいわゆる現代詩の人口は三千人と大分前から決まっている。三千人（作者プラス読者数）という数に何となく引け目を感じて来た詩人も少なくないだろうと話した。『同時代』の会員にも詩を書いている人は何人もいる。だがある時、詩人で心臓外科医を職業としている宋敏《ソンミン》鎬《ホ》君（『ブルックリン』という詩集で中原中也賞を受けたまだ若い詩人）が、わたしに言った。

「この国（日本）で、心臓外科医、及び心臓外科にかかわる看護師、医療機器の業者、薬屋などを合わせた数は、まず三千人といったところで、詩人及びその関係者の数とほぼ同じです。三千人という数を他に較べて引け目に思う必要はないでしょう。この国に三千人という心臓外科関係者と、三千人の詩人・読者がもしいないとしたら、この国は文化的にも、文明的にも国際社会で成り立つことが困難だと思います」。

この宋《ソン》君の説を皆さんに披露した。

そのあと、菅茶山《かんちゃざん》をめぐる最近の体験を語った。話はあっちへふらふら、こっちへふらふらとはなはだ頼りない。

やはりこの三月の半ばのこと、わたしは岡山市に所用あって一泊、そこから京都に向かおうとしていた。しかし午後一時半、これから京都に行って、特に見たい神社も寺もない。よし、この機会に岡山市の西に位置する広島県福山市の北方にある神辺《かんなべ》に行って、江戸中期の『黄葉夕陽村舎詩《こうようせきようそんじゃ》』の菅茶山の塾の跡に行ってみようと思った。

というわけで、まずJRの福山駅に電話し、「菅茶山のいた土地へ行きたいのですが、福山駅からタクシーでどれくらいの時間がかかりますか」と質問した。しかし電話を受けた人は「カンチャヤザン?」と首を傾げている様子で、同僚たちと相談しているらしくバカに手間どったが、結局「カンチャザンという人のことはわかりません。福山市役所の観光課に尋ねて下さい」と言う。

今度は市役所の観光課に電話して、同じ質問をした。しかし今度も同じことだった。電話を受けた人は大分長いこと課の人とカンチャザンとはどういう人なのかと話し合った模様だが、よくわからないのだった。

わたしは驚いた。もし横須賀市役所とか、福岡市役所に電話して、菅茶山のことを問うてわからなくても、それは当然のことである。神戸市役所でも姫路市役所でもわからなくても仕方がない。しかしあのお城がすぐ眼の前にある福山駅から、タクシーで二十分もかからない神辺の詩人の旧居の存在を、ＪＲの福山駅も、まして市の観光課がヨク知ラナイというのでは泣きたいような気持ちにさせられる。世間の人は詩人なんて関心の外のことにすぎないのか。とりわけ江戸時代の漢詩人なんて。

結局、岡山のホテルの電話交換嬢が「菅茶山記念館」があることを教えてくれ、電話してこれから伺いますと館の人に告げたところ、館員は「ありがとうございます」と丁重であった。春らしい、うららかと言っていい午後、神辺の山川を眺めてわたしは満足した。入場料は無料だった。しかし入館者は日に何人いるのだろうと心配だった。

署名簿に名を書こうとして、四、五人前のところに、よく知っている江戸文学、江戸漢詩研究の池澤一郎君の名があって嬉しくなった。あとで聞いたところによると、まだ若い彼は貸自転車で神辺のあちこちを走り回ったという。ご老体のわたしは、福山に停車する「のぞみ」を待って、京都に向かった。

去年からの対談や小講演で、わたしは「天」という言葉を聴衆に向かって発してみた。すると現代の聴衆はほんの少しだが動揺する（驚いた顔をする）のである。

二十世紀はマルキシズムをはじめ、シュルレアリスムに至るまで、イズムの時代だった。しかし二十一世紀に近づくにつれて、イズムでは世の中はわからなくなった。何が善で、何が悪か、人々は迷うようになる。未来はますますモウロウとして来る。この国の社会全体の共通の価値が見つからなくなった。

若者の少なからぬ人々は、電車に乗るや否や「昆虫の触角」のように、と誰かが巧みに擬《なぞら》えたケータイを取り出して手に捧げ持つ。本を読む人、新聞を読む人さえ、そのうちにいなくなるのではないか。もはやイズムは効力なく、ケータイ人間は別として、人は素手で自分の思想を探し出し、作り出さねばならない。わたしは流行の安物仏教を信ずるよりも、荻生徂徠らの儒学の「天」について思うようになった。徂徠らはむろん「仏老」(仏教や老子思想)は信じないのである。

こう話すと聴衆は少し身を乗り出してくれるのだった。

[「俳句界」二〇〇五年五月号]

若い詩人たち、俳人たちよ、もっと怒れ

俳壇でも戦後六十年の再検討がしきりに行われているが、七月二日、市ヶ谷近くの古い旅館「萩の宮」で、戦後六十年の現代詩を回顧する座談会が開かれた。昭和初年に建てられたとおぼしいこの旅館は、三十年、四十年前にも「荒地」の鮎川信夫らとよく座談会をやった場所でなつかしかった。出席者は辻井喬、長谷川龍生、吉増剛造、佐々木幹郎、荒川洋治、新井豊実、井坂洋子、それにわたし、司会は野村喜和夫と城戸朱理の二人だった。この大座談会は「現代詩手帖」の八月号（二〇〇五年）に掲載されたので、手にとって見てほしい。

めいめいが六十年間の代表作十篇を自分流に選出、それをもとにしての論議は、四時間の予定が五時間をはるかに超えた。

選ばれた詩は、一九四七年（戦後二年目）の西脇順三郎の「旅人かへらず」から、二十一世紀に入っての、まだ若い和合亮一の「世界」まで多彩であった。多く選ばれたのは田村隆一と吉岡実で、谷川俊太郎、石垣りんがそれに次いだ。

たまたま座談会の前日、七月一日の夕刊に「朔太郎の長女、萩原葉子氏死去」の記事が載った。わたしは一九四五年八月十五日の敗戦の直後の詩状況から話を始めるのではなく、四二年（開戦から二年目）に亡くなった朔太郎の死の前後から話を始めたほうがいいと提案した。

朔太郎というのは大きな詩人で、その傘の中には、左の中野重治から右の保田與重郎まで、またモダニズムの西脇順三郎から四季派の三好達治までがいた。そして戦後もまた、この延長にある左翼の詩、四季派につらなる抒情派、モダニズムの詩がさまざまに展開し、やがて西脇順三郎の影響下にありながら独自の知的、社会的で、新しいモラルを追求する（外見は暗くニヒルでさえある）鮎川、田村らの「荒地」グループが登場し（彼らの多くは復員兵士であった）、他に安東次男、那珂太郎らが目立った詩を書き、大阪の小野十三郎のもとからは長谷川龍生らが輩出した。「歴程」の若い詩人たちも忘れてはなるまい。

共同討議風な話がかなり長く続いたが、佐々木幹郎が「少しマジメすぎ、固すぎるのではないか」とひとこと洩らしたのをキッカケに、主として年長の長谷川龍生とわたしが、長丁場の座談会を何とか盛り上げるドラマをつくった。生真面目なだけの、ドラマのない平坦な座談会ほどつまらないものはない。

突如として、龍生は、このあいだ茨城県の古河という土地へ初めて行ったが、あれは妖怪の出る町だ等々、討議とはまったく関係のない話をし始めた。こうでなくてはアヴァンギャルド龍生の出席した意味がない（残念にもその発言は削除されてしまったが）。

わたしは吉岡実は戦後の詩人でももっとも重要な詩人として、何人もの人に推されているが、五年前に同じ「現代詩手帖」の誌上で、清岡卓行が、かつて四十年ほど前には、自分は吉岡を高く評価していたが、今となってみれば「エロ・グロ・ナンセンスの詩人」にすぎないといった異様な発言をしたのに対して、誰一人、反論を唱えなかったではないかと問いかけた。

清岡卓行とわたしと吉岡実は、かつては親密であったが、そのうちになぜか清岡は二人と疎遠になった。

小説家になった清岡には、ある変化が起こったらしい。同じインタビューで清岡は、吉岡実の有名な詩に「苦力」（クーリー）があるが、あれは「中国人労働者」とすべきであるとも発言していて、わたしは驚いた。過酷な、非人間的な労役に従わざるを得なかった苦力《クーリー》は確かにいたのだ。クーリーと言わず「中国人労働者」ときれいごとにしては、戦前戦中の中国については語れない。その詩「苦力」で、吉岡実自らが苦力《クーリー》になっているのだ。

わたしの清岡卓行への反論は詩の形で書いた。詩集『浦伝い　詩型を旅する』所収の「サクラエビのかきあげ」である。

わたしは最近の若い小説家の詩への言及についても発言した。長く詩を書いて来て（経歴の長い俳人も同じだと思うが）、詩がおとしめられるのに非常にナーバスになりつつある。この国では決して大切にされず、読者も決して多いとは言えない詩へのイトオシサのような気分が湧いて来る。

しばらく前に小説家の高橋源一郎が「読売」の夕刊文化欄の鼎談で次のようなことを言った。「僕たちは気持の中で詩をどこかで排除してきた。戦後詩はいびつな狭いところに発生したジャンルなのに、それが詩だと思われてきた」

このイビツな狭いところ、という言い方は不快であった。反論を書こうと思い、この小説家の作品をほとんど知らないので、書店に注文して五冊ほど集めてもらった。読むに堪えない低いレベルの小説であった。同じ鼎談で、加藤典洋という評論家は、次のようなエラソウなことを口にしていた。

「詩というのは情報化社会と対極的な、一番原始的で呪術的な言葉ですが、今、そういう言葉を僕たちの身体が欲している」

何がボクタチのシンタイだというのだ。詩に対して態度が生意気すぎ、無知すぎると思った。

今年になって若い小説家による、もっと質の悪い、詩への誹謗がなされた。今度も大新聞の夕刊文化欄なので、どうしても眼にとまる。今年の確か四月か五月の「朝日」夕刊の島田雅彦による文芸時評だ。かつては「朝日」の文芸時評は、吉田健一や篠田一士や丸谷才一、大岡信らがやり、この人々は詩を大切にしていた。文章もまた、れっきとした日本語だった。

島田は駄目だ。第一に文章がよくない。島田雅彦は次のような蕪雑なことを言って、ろくろく現在の詩も読んでいないに決まっているのに詩を愚弄した。「詩はなくなったわけではない。ないのは現代詩の業界の話だ」。そしてここに詩があるとして「新潮」に今も連載されている詩をめぐるゴミのようなヨタ話を賞賛した。彼らは俳句についてもろくろく読むことなしに、なめ切っているにちがいない。それなのに今度も若い詩人で誰一人、島田に礫を投げ返した者はいなかった。もっと怒れ、若い詩人たち、俳人たちよ、とわたしは言いたいのだ。鷗外や漱石がどれほど詩を重んじて来たか、あまりにも無知無学な今日の小説家を憐れまずにはいられない。

［「俳句界」二〇〇五年八月］

西脇さんの最後の座談

一九八二年六月五日に西脇順三郎は亡くなったが、その前年の九月十七日と、一日おいて十九日に、わたしは草月出版の海藤日出男氏に誘われて東京の元代々木の西脇さんの家に行き、雑談をしてその使えそうなところを「私の古典」（西脇順三郎）として雑誌「草月」に発表した。吉岡実も二日目にその席に来て、話を聞いてくれた。その時のテープを起こした原稿は記念にということで海藤氏から贈られて手もとにある。一日おいて二日間にわたって西脇さんの話を伺ったのは、お疲れにならないようにという配慮からで、すでに身体のほうはかなり衰弱しておられた。

その時、雑誌に載せなかった部分で、さしさわりのないところを探して、二、三記録しておきたいと思う。

トマス・ハーディのことをひとこと言われた。「ハーディがよくできていないと。ハーディという人はちょっとおもしろい」。

小千谷については、「大きな本を千三百冊ばかり、ヨーロッパ古代の本だけを寄贈した。あれを見ると（いろいろ）思いついていい批評ができます。あれは全部知ってなきゃだめですね」と言われた。ギリシャ、ラテンの古典と古典研究にちがいなかった。

お菓子が出た。「これは私の大好きな白あんの菓子です。召し上がって下さい」「梅干しは非常にいいものですね。世界にないですよ」とも言われた。

萩原朔太郎の話になった。「これは小便たれじゃなかったかな、僕と同じで（笑）。きみはそんなことないの？」わたしは「大分ありました」と答えた。と先生は、「たいてい小便たれに英傑が出るんだよ」と言って嬉しそうに笑われた。

そのあとかなり長く、お経というのはサンスクリットとギリシャ語であるといったお得意の話をされた。阿弥陀もギリシャ語だといったことから「おばあさんなんかアーメタなんて抽象的なことよりやっぱり阿弥陀と言ったほうがわかるんでしょう」ということになった。「論語の中にもギリシャ語がぽつぽつ入っている」。

ヘブライやユダヤ人の話を大分長くされ、「ユダヤ人というのは偉いものですね」と結ばれた。「中国の詩というと陶淵明なんかお好きなほうでしょう」と話を向けると、「ええ、今でも陶淵明は最高のものでしょう」「やはりものの考え方、先生と似ているわけでしょう？」「似ている。それをまねたんだから似ているよ」。

先生の話を伺っていると気が遠くなってくる、とわたしがボヤいたところで第一日が終った。

二日目は絵の話が大分長く続いた。

「セザンヌはおもしろいと思われたでしょう」「あ、セザンヌは大好きだった。今ではそれほどではない。乱暴なとこがないんだよ、あの人は。あの人は大体水彩画の人ですね」。「萩原朔太郎は絵はだめでしたか?」という問いには、「全然」。「萩原に、〈またニーチェ、ニーチェと言う。よくわからないくせに〉と言ったら、怒られてね。三好達治に(そのことを)言ったら、〈お前、生意気だ〉とやられたな」。

次に「土人」という言葉の話になった。

「〈土人〉っていう言葉好きですね。その土地の人っていう意味だ」と言われるので、「土人なんてしゃれたもんですね」と口をはさむと、「しゃれたもんですよ。〈あなた、ここの土人ですね〉――それでかまわない」「私は〈土人〉て言って小千谷でも怒られたことがある」。

それから西脇さんは「これきついタバコですけど、ひとつ召し上がって下さい」とタバコを出され、その頃わたしはタバコが好きだったので喜んで頂いた。「これはもう驚くべきもので、今、世界にない。みな口付だ。これは口がついていなくて驚くべき辛いですよ。うまいですね、これは」「これくらいうまいタバコは世界にない」。「先生はいつも、世界にあるかないかですね」とわたしが言うと西脇さんは苦笑した。

ここで吉岡実が現われると「これ吸ってごらんなさい。最高のタバコですよ。ちょっと世界にないですよ」と、また西脇さんは言った。吉岡実は「思ったより軽いですね」と煙を吐き、西脇さんは「タバコを好きになったのは、英国へ行ってからです」とつけ加えられた。

浮世絵の話になった。「写楽は、あれはまじめに描いたものなんです。それを滑稽に描いたように人は言うけど、あれは滑稽な画家じゃないんだ。そこがいいんだ」。次に雪舟の話。「雪舟は嫌いだ。あんなのはしょうがない。坊さんの絵だ」。浮世絵もあまり好きではないようだった。「西脇先生はやはりダ・ヴィンチか」と誰かが言って、みなで笑った。「私の絵で、ローマの風景だけはいいですよ」と西脇さんは最後に言われた。

もっとまとまった「古典」の話や、ジョイスの話もされたが、それは雑誌に発表され、ここに書きとめたのはその落穂拾いである。書き写しているうちに、西脇さんが何ともなつかしく思い出されてきた。この日から二カ月経った一九八一年の十一月に二度、西脇さんに会ったのが最後だった。八二年六月、小千谷で亡くなられた時には、わたしはパリにいて葬儀にも行けなかった。

戦後長く、金子、西脇、と言い言いして暮したものだった。こちらは二十代、三十代なのに、若い者同士話す時は、金子が、西脇が、と親戚みたいに言って話したものだ。その二人ともとうにいない。

西脇さんは、『吾輩は猫である』が出つつあった一九〇六年には十三歳で、新潟県の小千谷中学に入学、「イラストレイテッド・ロンドン・ニュース」をひもといてはイギリスへの憧れをつのらせていた。ロンドンということで、どうしても西脇さんの漱石観を知りたいところだが、どうやら詩人ははかばかしいことは言っていないらしい。

あとがき

この本はわたしのこれまで書いて来た評論、あるいはエッセイの中では、もっとも読みやすいものだと思う。何しろひろく知られた夏目漱石についての文章であり、わたしも十代のころから少しずつではあるが、久しく読んで来た小説家だからだ。小説家だが、もともと子規と親友だった俳人であり、漢詩も作った英文学者だったことを忘れてはなるまい。さらに本書でわたしは、近代日本文学専門の研究者や批評家のように綿密に、ある場合は煩瑣に作品を論じ分析することはしていなくて、ひたすら読むことを楽しもうとした文章を心掛けたので、読みやすいのではないかと思う。

かつて一九八七年の一月から八九年五月まで、角川書店の雑誌「俳句」に連載した言わば近代日本の作家論（鷗外、漱石、荷風、芥川、谷崎、鏡花、春夫ら）があり、それらは、それからおよそ十年後に、立風書房から『日本のベル・エポック』と題して出版された（目下は絶版）。

その『日本のベル・エポック』に収めた漱石論を大きく改稿したのが、本書の第Ⅱ部の「『吾輩は猫である』と漱石俳句」という長いエッセイである。また同じ第Ⅱ部の「『草枕』とはどういう小説か」という文章も『日本のベル・エポック』から一部を抜粋したものだ。

第Ⅲ部の「画期的長篇小説《ロマン》の可能性、『明暗』を中心に」の冒頭、谷崎潤一郎の漱石観も、『日本のベル・エポック』の谷崎論で一度引用したものであり、「漱石とおないどしの小説家・露伴ノート」の後半、三分の二も、大きく改稿してあるが、『日本のベル・エポック』所収の露伴論にすでに書いているのによっている。

結局この本で今年の春以降、わたしとしては精力的に書き下ろしたのは、四百字詰原稿用紙で七十枚ほどの、「ユーウツな漱石――『彼岸過迄』及び『行人』をめぐって」という論であり、やはり七十枚に近い「画期的長篇小説《ロマン》の可能性、『明暗』を中心に」の五分の四（六十枚ほど）の二つが中心だが、わたしとしてはこの二つの論に最大の力を傾けた。この二篇は息を詰めるようにしてグイグイと押してでなければ書けない文章だった。

こういうわけで、本書の題名も、初めは『憂鬱な漱石』、あるいは『漱石のユーウツ』としようと思ったほどだが、それではいくら何でもうっとうしいので、『漱石の〈明〉、漱石の〈暗〉』とした。この明暗から漱石最後の未完の大作、『明暗』を連想してもらってもいいし、「明」は天、「暗」は人、と受けとってもらってもいい。

『吾輩は猫』論や俳句、さらに講演も合わせて、「躁」の人・漱石、「鬱」の人・漱石の双方を、わたしとしては同時に捉え、摑みたかったのだ。

もう一篇、準備と執筆に、昨年の秋から三ヵ月もの時間を要した、第Ⅰ部の「江戸と西洋」（七十枚）がある。このエッセイは、まったく思いがけないことに、専門誌「江戸文学」（ぺりかん社）に依頼されたもので、漢詩、漢文学の著名な研究者、成蹊大学の揖斐高教授の編集責任の号だった。まだ面識はないが、揖斐氏の名著『遊人の抒情――柏木如亭』（岩波書店）について書いたことから知己となった氏の好意に応えるべく、二度、三度と稿を改めた。

漱石をめぐる本なのだが、漱石誕生以前の江戸期の日本文化と西洋文化のかかわりを、わたしなりにひろく見晴らしたこの長文エッセイを収め得たことは、本書の一特色となったと思う。論の収められた雑誌「江戸文学」はこの六月（二〇〇五年）に刊行された。

第Ⅲ部の「千谷七郎著『漱石の病跡』を読む」と、「岡山に行った漱石」の二篇もこの本のための書き下ろしである。漱石と岡山に縁があったとはこれまで気づかぬことだった。

岡山ということ、また江戸期ということから、「懐かしき瀬戸内の島山」と「世界の夏・源内の夢」、「小講演での話題」と、二つの瀬戸内や江戸を懐かしむエッセイを収めたのは、七十代の半ばになった著者の感傷としてご笑覧願いたい。

この本を通して読むと、詩人西脇順三郎の名が何度も出て来るのに気づかれるだろう。「西脇さんの最後の座談」は二十年以上も前に書いたもので、この夏、たまたま雑誌掲載号を発見、それこそ懐かしさに堪えず、本書の巻末に楽しき息抜きとして入れてもらった。西脇さんの座談はいつも楽しかった。最晩年になって身体は弱くなられても、ここにあるように変わることはなかった。それでもこれら巻末近い諸篇だけでは回顧趣味に近いので、「西脇さんの最後の座談」の前に、「戦後六十年の詩」を振り返るこの夏の大座談会のことを書いた慷慨の文を収めて、まだまだ鼻息の荒い爺《じじい》の気概の一端を示すことにした。

この本を思いついたのは、今年が『吾輩は猫』からちょうど百年ということもあるが、数年前から荻生徂徠に関心を抱くようになったのとかかわりがあると思う。

二十一世紀になり（二十一世紀を迎える二〇〇〇年の大晦日の深夜のテレビで、アナウンサーが「いよいよ輝かしい新世紀の幕が云々」と叫び（わたしは失笑したのを忘れない）、まもなく9・11の同時多発テロがワシントン、ニューヨークで起こり、ヒロシマ・長崎の原爆投下には半数以上が平然として何とも思わぬアメリカ人が、恐怖と悲歎に暮れる姿を映像で見た。

わたしは今後十年、二十年、心ある人にとっては何ともユーウツな日々が始まると直感した。なぜか徂徠の「天」が気になり、あの「躁」と「鬱」、「明」と「暗」の人、漱石をめぐって、まるで来るべきユーウツへの抗ウイルス剤か、予防注射でもあるかのように何事かを書いてみようか、と思った。漱石はごく若いころから徂徠の書を読んでもいた。

漱石は『吾輩は』でも『虞美人草』でも、二十世紀、二十世紀と新世紀の到来を強調しているが、二十一世紀という新世紀になってから約五年、ついこの間の同じ9・11に思いがけぬ衆議院の選挙が行われることになり、その成行きを見ていて「ついこの間まで、この国に辛うじて残っていただろう、仁も、義も、礼も、ついに死せり」との声がわたしの耳に聞こえた。

「天」はどこに行ったのか、本書の何ヵ所かでわたしは口にしている。

巻頭の〈序詩〉「通天橋」は、雑誌「短歌往来」（ながらみ書房）に求められて、今年の春に書いたものである。ここにも「天」はある。
この『漱石の〈明〉、漱石の〈暗〉』の執筆、出版に際しても、いつものように、みすず書房の辻井忠男氏に一方ならぬお世話になった。思えば辻井氏の強い後押しあって、わたしは力以上の多くの著作をまとめることが出来たのであった。あらためて感謝したい。

二〇〇五年九月二十日

飯島耕一

著者略歴

(いいじま・こういち)

1930年岡山に生まれる．1952年東京大学文学部仏文科卒業．國學院大学教授を経て，2000年3月まで明治大学教授．
1953年詩集「他人の空」(ユリイカ)．1955年シュルレアリスム研究会をつくって数年間続いた．詩集に「ゴヤのファースト・ネームは」(高見順賞)，「夜を夢想する小太陽の独言」(現代詩人賞)，「さえずりきこう」，「浦伝い　詩型を旅する」「アメリカ」(読売文学賞・詩歌文学館賞) などがあり，評論集に「日本のシュールレアリスム」，「シュルレアリスムという伝説」，「現代詩が若かったころ」などがある．他に小説「暗殺百美人」(ドゥ・マゴ文学賞)，「六波羅カプリチョス」，「小説平賀源内」「ヨコハマ ヨコスカ 幕末 パリ」，「白紵歌」がある．2000年から2001年にかけて著作集「飯島耕一・詩と散文」(全5巻，みすず書房) を刊行．

飯島 耕一

漱石の〈明〉、漱石の〈暗〉

2005年11月22日　第1刷発行
2006年 2 月20日　第2刷発行

発行所 株式会社 みすず書房
〒113-0033 東京都文京区本郷5丁目32-21
電話 03-3814-0131(営業) 03-3815-9181(編集)
http://www.msz.co.jp

本文印刷所 シナノ
扉・表紙・カバー印刷所 栗田印刷
製本所 青木製本所

Printed in Japan
ISBN 4-622-07176-2

飯島耕一・詩と散文
全5巻

1	他人の空・わが母音 評伝アポリネール ダダ・シュルレアリスム・映画	3675
2	ウイリアム・ブレイクを憶い出す詩・他 田園に異神あり — 西脇順三郎の詩 瀧口修造へのオマージュ・他	3675
3	ゴヤのファースト・ネームは バルザックを読む —「人間喜劇」の大鍋の縁で	3675
4	宮古・さえずりきこう 永井荷風論 「詩人の小説」その他のエッセー	3675
5	カンシャク玉と雷鳴（未刊詩集） 冬の幻（短篇連作） 暗殺百美人（長篇小説）	3675

（消費税 5%込）

みすず書房